Goosebumps®

Goosebumps®

Goosebumps®
雞皮疙瘩 2

魔血
Monster Blood

R.L. 史坦恩（R.L.STINE）◎著
孫梅君◎譯

致台灣讀者

讀者們，請小心……

我是R・L・史坦恩，歡迎到「雞皮疙瘩」的可怕世界裡來。

你是否曾在深夜裡聽到過奇怪的嚎叫？你是否曾在黑暗中聽到腳步聲——卻根本看不到人？你是否見過神祕可怖的陰影，幽幽暗處有眼睛在窺視著你，或者身後有聲音叫你的名字？

如果是這樣，你應該了解那種奇特的發麻的感覺——那種給你一身雞皮疙瘩、被嚇呆的感覺。

在這些書裡，幽靈在閣樓上竊竊低語；膽顫心驚的孩子忽而隱形；稻草人活了，在田野裡走來走去；木偶和布娃娃也有生命，到處嚇人。

當然，這些都是磨礪心志的好玩的嚇人事。我希望你們感到害怕，同時也希望你們大笑。這都是想像出來的故事。當然，最可怕的地方在你們自己心裡。

過個害怕的一天吧！

Goosebumps 雞皮疙瘩

出版緣起

人生從奇幻冒險開始

何飛鵬
城邦媒體集團首席執行長

我的八到十二歲是在《三劍客》、《基度山恩仇記》、《乞丐王子》中度過的。可是現在的小孩有更新奇的玩具、電玩、漫畫，以及迪士尼樂園等。

八到十二歲，正是孩子從字數極少、以圖畫爲主的繪本閱讀，跨越到漸漸以文字閱讀爲主的時期。也正是訓練孩子從圖像式思考，轉變成文字思考的重要階段。在這個階段，養成長期的文字閱讀習慣，能培養孩子敘事、分析、推理的邏輯思辨能力，奠定良好的寫作實力與數理學力基礎。

然而，現在的父母擔心，大環境造成了習於圖像、不擅思考、討厭文字的一代。什麼力量能讓孩子重回閱讀的懷抱呢？

全球銷售三億五千萬冊的「雞皮疙瘩」，正是爲了滿足此一年齡層的孩子的需求而誕生的！

無論是校園怪奇傳說、墓地探險、鬼屋驚魂，或是與木乃伊、外星人、幽靈、吸血鬼、殭屍、怪物、精靈、傀儡相遇過招，這些孩子們的腦袋裡經常出現的角色或想像，經由作者的生花妙筆，營造出一個個讓孩子們縱橫馳騁的魔幻時空、光怪陸離的神奇異界，經歷各種危急險難，最終卻又能安全地化險為夷。這樣的冒險犯難，無論男孩女孩，無不拍案稱奇、心怡神醉！

本系列作品被譯為三十二種語言版本，並在全球數十個國家出版，創下了出版史上多項的輝煌紀錄，廣受世界各地孩子的喜愛。作者史坦恩表示，這套作品之所以成功，是因為多年的兒童雜誌編輯工作，讓他對兒童心理和兒童閱讀需求有了深刻理解——他知道什麼能逗兒童發笑，什麼能使他們戰慄。

我們誠摯地希望臺灣的孩子也能和世界上其他的孩子一樣，有更豐富多元的閱讀選擇。更希望藉由這套融合驚險恐怖與滑稽幽默於一爐，情節緊湊又緊張的「雞皮疙瘩系列叢書」，重拾八到十二歲孩子的閱讀興趣，從而建立他們的閱讀習慣，擁有一個快樂學習的童年。

現在，我們一起繫好安全帶，放膽體驗前所未有的驚異奇航吧！

專文推薦

戰慄娛人的鬼故事

國立臺北教育大學語文與創作系兒童文學教授 廖卓成

這套書很適合愛看鬼故事的讀者。

文學的趣味不止一端，莞爾會心是趣味，熱鬧誇張是趣味，刺激驚悚也是趣味。有人擔心鬼故事助長迷信，其實古典小說中，也有志怪小說一類，《聊齋誌異》就有不少鬼故事。何況，這套書的作者開宗明義的說：「這都是想像出來的故事」，不必當眞。

既然恐怖電影可以看，看鬼故事似乎也無妨；考試的書讀久了，偶爾調劑一下，對頭腦卻是有益。當然，如果看鬼片會連續失眠，妨害日常生活，那就不宜勉強了。

雋永的文學作品，應該有深刻的內涵；但不少兒童文學作品說教有餘，趣味不足。只要有趣味，而且不是害人爲樂的惡趣，就是好的作品。鮑姆（Baum）在《綠野仙蹤》的序言裡，挑明了他寫書就是爲了娛樂讀者。

倒是內行的讀者，不妨考校一下自己的功力，留意這套書的敘事技巧，由主角「我」來講故事，有甚麼效果？書中衝突的設計與化解，是否意想不到又合情合理？能不能有不同的設計？會不會更好？這是另一種引人入勝之處。

導讀

結局只是另一場驚嚇的開始

耿一偉
臺北藝術節藝術總監
臺北藝術大學戲劇系兼任助理教授

不知道大家還記不記得，小時候玩遊戲，比如捉迷藏等，都會有一個人要當鬼。鬼在這個遊戲中很重要，沒有鬼來捉人，遊戲就不好玩。這些遊戲的關鍵特色，不是人要去消滅鬼，而是要去享受人被鬼追的刺激樂趣。所以當鬼捉到人後，不是遊戲就結束，而是下一個人要去當鬼。於是，當鬼反而是件苦差事，因爲捉人沒有樂趣，恨不得趕快找人來替代。所以遊戲不能沒有鬼，不然這個遊戲就不好玩了。

在史坦恩的「雞皮疙瘩系列」中，這些鬼所扮演的角色也是類似遊戲中的鬼，給我帶來閱讀與想像的刺激。各位讀者如果留意一下，會發現在他的小說中，都有一個類似的現象，就是結局往往不是一個對抗式的終局，一種善惡誓不兩立，以消滅魔鬼爲最終目標的故事——這比較是屬於成人恐怖片的模式，不是你死，就是人類全部變殭屍。但「雞皮疙瘩系列」中，你的雞皮疙瘩起來了，可是結尾的時候，鬼並不是死了，而是類似遊戲一樣，這些鬼換了另一種角色，而且有下一場遊戲又要繼續開始的感覺。

礙於閱讀的樂趣，我無法在此對故事結局說太多，但各位看完小說時，可以再回想我在這裡說的，就知道，「雞皮疙瘩系列」跟遊戲之間，的確有類似性。換另一個角度來看，這些主角大多為青少年，他們在生活中碰到的問題，如搬家面對新環境、男生女生的尷尬期、霸凌、友誼等，都在故事過程一一碰觸。

「雞皮疙瘩系列」令人愛不釋手的原因，也在於表面上好像主角是鬼，但讀到一半，你會感覺到，故事的重點不知不覺地從這些鬼怪轉移到那些被追的青少年身上，鬼可不可怕不是重點，重點是被追的過程中，一些青少年生活中的苦悶，也被突顯放大，甚至在故事中被解決了。所以你會在某種程度感受到，這本書的內容是在講你，在講你的生活，在講你的世界，鬼的出現，只是把這些青春期的事件給激化了。

另一個有趣的現象，是從日常生活轉入魔幻世界的關鍵點，往往發生在父母不在身邊，然後主角闖入不熟識空間的時候——比如《魔血》是主角暫住到姑婆家、《吸血鬼的鬼氣》是闖入地下室的祕道、《我的新家是鬼屋》是新家的詭異房間……等等。

因爲誤闖這些空間，奇怪的靈異事件開始打斷平凡無趣的日常軌道，一段冒險展開了，一場你追我跑的遊戲開始進行，而父母們往往對此毫無所悉，不知道自己的兒女在故事結束時，已經有所變化，變得更負責任，更勇敢。

「雞皮疙瘩系列」的意義，也在這個地方。在平凡無奇充滿壓力的青春期校園生活中，有那麼多不快樂、有那麼多鬼怪現象在生活中困擾著我們，但這無法跟家長說，因爲他們不能理解，他們看不到我們看到的。但透過閱讀，透過想像力所引發的鬼捉人遊戲，這些不滿被發洩，這些被學校所壓抑的精力被釋放了。

幸好有這些鬼怪的陪伴，日子不再那麼無聊，世界可以靠自己的力量改變。

終究，在青少年的世界裡，鬼怪並不是那麼可怕，在史坦恩的小說中，也往往會有主角最後拯救了這些鬼怪的情形，彷彿他們不是惡鬼，而比較像誤闖人類世界的外星人……這也是青少年的焦慮，他們正準備降臨成人世界，這件事讓他們起了雞皮疙瘩!!

這句英文怎麼說

我不要待在這兒。
I don't want to stay here.

1.

「我不要待在這兒，求求妳……不要把我留在這裡！」

伊凡．羅斯拉著母親的手，想把她拖離灰瓦小屋的臺階。羅斯太太轉過身來，不耐煩的皺著眉頭。

「伊凡……你已經十二歲了，別再像個小嬰兒似的。」她說著把手抽了回來。

「我最討厭妳這樣說了！」伊凡把雙手抱在胸前，生氣的大喊。

羅斯太太表情柔和了些，伸出手，溫柔的撫摸著伊凡紅褐色的卷髮。「我也最討厭妳這樣！」伊凡大喊，並退後一步閃開母親，還差點被走道上一塊碎裂的石板給絆倒，「不要碰我的頭髮，我討厭這樣！」

「好吧，反正你討厭我就是了。」媽媽聳了聳肩，走上臺階，敲了敲門，「不

過你還是得在這兒待到我回來。」

「爲什麼我不能跟妳一起去？」伊凡質問媽媽，雙手還是抱在胸前，「爲什麼嘛？」

「你的鞋帶鬆了。」媽媽說。

「那又怎樣？」伊凡不高興的說：「我就是喜歡把鞋帶鬆開！」

「你會絆倒的。」媽媽提醒他。

「媽！」伊凡惱怒的翻白眼，說：「妳曾經看過有人因爲鞋帶鬆了而被絆倒的嗎？」

「那倒沒有。」媽媽回答伊凡，她漂亮的臉上浮現一抹笑意。

「妳只是想要轉移話題，」伊凡並沒有對媽媽報以微笑，「你們要把我扔在這兒好幾個禮拜，跟一個恐怖的老太婆作伴……」

「伊凡……夠了！」羅斯太太叱喝一聲，金色的直髮往後一甩，「凱薩琳不是什麼恐怖的老太婆，她是你爸爸的姑媽，是你的姑婆，而且她……」

「我根本就不認識她！」伊凡朝母親高喊。他知道自己情緒失控，不過他也

這句英文怎麼說

你只是想要轉移話題。
You just want to change the subject.

不在乎了。媽媽怎麼可以這樣對他？她怎麼可以把他丟給一個從他兩歲以來就沒再見過的老太婆？他怎麼可能一個人在這裡挨到媽媽回來呢？

「伊凡，這件事我們討論過好多遍了，」媽媽不耐煩的說，並繼續敲著姑婆的門，「這是家裡的突發狀況，我眞的希望你能合作一點。」

接下來她說的話全被崔格的吠聲給蓋過了。崔格是伊凡養的可卡狗，牠正把棕褐色的狗頭從租來車子的後車窗裡伸了出來，不停狂叫著。

「這下連牠也來給我找麻煩了！」羅斯太太喊。

「我可以放牠出來嗎？」伊凡急切的問。

「我想你最好放牠出來，」媽媽回答：「崔格很老了，我可不想讓牠窩在車裡心臟病發作，只希望牠別嚇著了凱薩琳。」

「我來了，崔格！」伊凡朝崔格的方向叫。

他跑過碎石子車道，拉開車門。崔格興奮的叫著，從車裡跳出來，並發狂似的在凱薩琳小小的長方形前院子裡繞著圈子打轉。

「牠不像有十二歲了。」伊凡說。看著狗兒跑來跑去，他露出了這整天來第一次的笑容。

「瞧，你有崔格跟你作伴呀！」羅斯太太說著便轉身朝大門走去，「過不了多久我就會從亞特蘭大回來——最多兩、三個禮拜，到那時候我跟你爸爸一定找好房子了。在你還沒意識到我們不在時，我們就已經回來了。」

「是喔，當然。」伊凡心裡很不是滋味。

太陽躲在一大塊雲朵後面，在小小的前院中投下了一片陰影。

崔格很快便把自己搞累了，喘著氣沿著走道跑來，舌頭幾乎垂到地上。伊凡彎下腰，伸手撫摸著牠的背。

當媽媽再度敲著大門時，他抬頭看著這棟灰色的房子。它看起來好黑暗，令人望而卻步。樓上的窗戶都拉上了窗簾，其中有片百葉窗還鬆脫了，歪歪斜斜的垂掛在那兒。

「媽，妳爲什麼要敲門？」伊凡把手插進牛仔褲口袋裡問著，「妳不是說凱薩琳姑婆完全聽不見嗎？」

「噢！」媽媽的臉紅了，「伊凡，你一直抱怨個不停，把我弄得心煩意亂，

這句英文怎麼說

我們別無選擇。
We have no choice.

害我完全忘記了。她當然聽不見我敲門。」

我要怎麼跟一個聽不見我說話的陌生老太太相處兩個禮拜呢？伊凡悶悶不樂的想。

他想起兩個星期前，他偷聽到爸媽在安排他們的計劃。他們隔著廚房的餐桌面對面坐著，以爲伊凡在後院裡，其實他站在玄關，背靠著牆聽他們說話。

他聽出爸爸不太願意把他丟給凱薩琳，「她是個非常頑固的老女人，」羅斯先生說：「瞧瞧她，聾了二十年，也不肯去學手語或是讀唇語，她要怎麼照顧伊凡呢？」

「你小時候她不是把你照顧得挺好的嗎？」羅斯太太說。

「那是三十年前耶！」羅斯先生反駁。

「反正，我們別無選擇，」伊凡聽見媽媽說：「沒有其他人可以幫忙帶他，每個人都度假去了。你什麼時候不好調職到亞特蘭大，偏偏選上八月這個最麻煩的時候！」

「喔，我眞是抱——歉呀。」羅斯先生拉長了聲音，挖苦的說：「好啦，好啦，

討論到此為止。妳絕對是對的，親愛的，我們別無選擇，就是凱薩琳了，妳開車把伊凡送到那兒，然後再飛到亞特蘭大吧。」

「這對他來說也會是個很好的經驗，」伊凡聽見媽媽說：「他必須學習如何適應辛苦的環境。搬到亞特蘭大，離開他所有的朋友……這對伊凡來說可不是件容易的事。」

「好啦，我都同意了，」羅斯先生不耐煩的說：「就這麼決定了，伊凡會過得很好的。凱薩琳雖然有點怪，不過人倒是不錯。」

伊凡聽見椅子摩擦地板的聲音，表示父母正推開椅子站起身來，他們的討論已經結束了。

他的命運已經拍板定案了。他悄悄的從前門走了出去，然後繞到後院，想著他剛才偷聽到的事情。

他靠在一棵大楓樹的樹幹上，屋子裡頭的人是看不見這裡的。他一向最喜歡在這裡想事情。

為什麼他的父母從來不讓他參與討論？他納悶著。如果他們是在討論要將他

這句英文怎麼說

沒什麼好怕的。
There's nothing to be scared of.

丟給一位從未謀面的老姑婆，他是不是至少應該有點發言權？所有家裡重大的消息都是他在玄關那兒偷聽來的，這樣對嗎？

伊凡從地上拔起一根小樹枝，輕輕敲著粗壯的樹幹。

凱薩琳姑婆很古怪，爸爸是這麼說的。她古怪到讓爸爸不想把伊凡託給她照顧。

但是他們別無選擇。別無選擇。

也許他們會改變心意，把他一起帶到亞特蘭大！伊凡心想。也許他們終於會了解，他們不能這樣對他。

但是現在，兩個星期以後，他站在凱薩琳姑婆的灰色屋子前面，感到萬分緊張。他盯著放在臺階上的那口棕色旅行箱，裡頭裝滿了他的東西。

沒什麼好怕的，他安慰自己。

只有兩個禮拜而已，或許更短。

突然他腦海裡閃過一個念頭，他還來不及仔細思考，口中就迸出了這句話：

「媽……要是凱薩琳姑婆對我不好怎麼辦？」

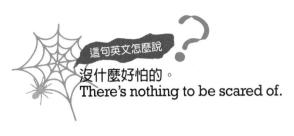

「什麼？」媽媽聽到這個問題，愣了一下，「對你不好？伊凡，她為什麼要對你不好呢？」

當媽媽背對屋子，轉身對伊凡說這句話時，大門突然開了。

一個身形壯碩、留著一頭刺眼黑髮的婦人，堵住了整個門口——她就是凱薩琳姑婆。

伊凡從媽媽身旁望過去，只見凱薩琳手中握著一柄尖刀。鮮血正從刀刃上緩緩滴下來……

這句英文怎麼說

她跟伊凡想像的完全不一樣。
She wasn't anything like Evan had pictured.

2.

崔格抬起頭來大聲狂叫，每叫一聲就提起後腿往後蹬一步。

伊凡的媽媽吃了一驚，趕緊回過身來，險些從小小的門階上跌了下來。

伊凡嚇得說不出半句話來，目瞪口呆的盯著那把尖刀。

凱薩琳臉上露出了微笑，伸出她沒拿刀子的那隻手推開了紗門。

她跟伊凡想像的完全不一樣。他以爲姑婆是個矮小瘦弱的白髮老婦人，但是凱薩琳卻是碩大健壯，肩膀寬寬的，個子也很高。

她穿著一件淺黃帶點粉紅色的家居服，黑色的直髮在腦後綁成一條長長的馬尾。她沒有化妝，蒼白的臉孔似乎在那頭刺眼的黑髮底下消失了——只看見那雙又大又圓、閃著鐵藍色光澤的眼睛。

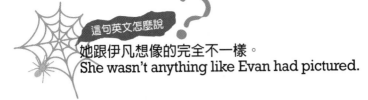

「我正在切牛肉。」她用低沉得令人驚訝的聲音說，一邊揮了揮手中染了血的尖刀。她盯著伊凡，問道：「你喜歡牛肉嗎？」

「呃……喜歡。」伊凡勉強答上話來。由於剛才看見她舉著尖刀出現，驚魂未定的他胸口還在怦怦亂跳。

凱薩琳推著紗門，但是伊凡和媽媽都沒有往屋裡移動半步。

「他的個子很大呀……」凱薩琳對羅斯太太說：「是個大男孩，不像他爸爸。我以前都管他爸爸叫小雞仔，因爲他的個頭比一隻雞大不了多少。」她哈哈大笑，好像自己講了一個有趣的笑話似的。

羅斯太太提起伊凡的行李箱，不自在的回頭看了他一眼，「是呀……他個子很大。」她說。

事實上，伊凡是班上個子最矮的孩子之一。無論他吃了多少東西，還是「瘦得像根義大利麵條似的」，他爸爸總愛這麼說他。

「你們不必回答我，」凱薩琳說著往旁邊退了一步，好讓羅斯太太提著行李進屋。「我聽不見。」她的聲音很低沉，像男人的聲音一樣。她口齒清晰，不像

這句英文怎麼說

你們不必回答我。
You don't have to answer me.

有些聾人那樣發音模糊不清。

伊凡跟著媽媽走進前廳，崔格在他腳邊大聲狂吠。

「你不能讓那條狗安靜一點嗎？」媽媽叱喝著。

「沒關係啦！她又聽不見。」伊凡指著他的姑婆回答。而她正走向廚房去把刀子放好。

幾秒鐘後凱薩琳便回來了，她藍色的眼睛盯著伊凡，抿起嘴唇，好像正在研究他似的。「那麼，你喜歡牛肉囉？」她又問一次。

他點點頭。

「很好，」她說，臉上的表情還是很嚴肅，「我總是替你爸爸準備牛肉，但是他只喜歡吃派。」

「哪一種派？」伊凡問，然後想起凱薩琳聽不見他的話，便漲紅了臉。

「那麼他是個好孩子囉？不會惹麻煩吧？」凱薩琳問伊凡的媽媽。

羅斯太太點點頭，看著伊凡。「我們該把行李箱放在哪兒呢？」她問道。

「我看得出來他是個好孩子。」凱薩琳說著伸出手來，捧起伊凡的臉，她的大手托著他的下巴，仔細的審視著他的面孔。「這孩子長得不壞，」她說，然後用力捏了捏他的下巴，「他喜歡女孩子嗎？」

她仍然托著他的下巴，並低下頭來，貼近他的臉。「你有女朋友了吧？」她問伊凡。她蒼白的臉孔就在他正上方，貼得好近，連她呼吸的氣味都聞得到——一股酸氣。

伊凡退後一步，難爲情的咧嘴笑了笑：「不……不算有啦！」

「是吧？」凱薩琳衝著他的耳朵吼道：「是吧？我就知道！」她痛快的大笑，眼光轉向伊凡的母親。

「這箱子要放在哪兒？」羅斯太太提起箱子問凱薩琳。

「他喜歡女孩子，是吧？」凱薩琳還在咯咯大笑，又重複了一次：「我看得出來！就跟他爸爸一樣，他爸爸一向很喜歡女孩子。」

伊凡絕望的轉向母親，「媽，我不想待在這兒。」雖然他知道凱薩琳聽不見，但還是說得很小聲：「拜託……別逼我……」

「噓！」媽媽也是壓低了聲音：「她不會一直煩你的，我保證。她只是想表

這句英文怎麼說

她只是想表達善意。
She's just trying to be friendly.

達善意。」

「他喜歡女孩子。」凱薩琳又重複了一遍。她冰冷的藍色眼珠斜眼瞅著他，接著又低下頭來貼近伊凡的臉。

「媽……她的嘴巴跟崔格一樣難聞！」伊凡悲慘的喊著。

「伊凡！」羅斯太太生氣的吼道：「別這樣，我希望你能乖一點。」

「我去給你烤個派，」凱薩琳用一隻大手拉拉她的黑色馬尾辮說，「你要麵皮嗎？我打賭你一定要的。你爸爸是怎麼形容我的？」她對羅斯太太眨了眨眼，「他跟你說我是個可怕的老巫婆嗎？」

「不！」伊凡否認著，瞧著他的母親。

「哦，我眞的是個女巫喲！」凱薩琳像在宣告什麼似的說著，又再度爆出她那低沉的大笑。

這時崔格突然狂吠起來，作勢要撲向姑婆。姑婆目光掃向下方的崔格，怒目瞪視著牠，接著微微瞇起眼睛，表情變得很嚴肅，「當心點，狗兒，否則我會把你做成狗肉派！」

崔格吠得更凶了，牠大著膽子朝眼前這個高大的女人衝過去，然後又迅速退回，短短的尾巴瘋狂的前後搖擺。

「我們把牠做成狗肉派，好不好，伊凡？」凱薩琳又說了一次，並把一隻大手按在伊凡肩上，使勁的捏他，伊凡痛得向後縮了縮。

「媽……」姑婆終於鬆開手，微笑著走進了廚房。伊凡哀哀的懇求他的母親。「媽……拜託妳！」

「這只是她的幽默感，伊凡。」羅斯太太遲疑的說：「她沒有惡意的，眞的。她還要幫你烤派呢！」

「但是我不想吃派！」伊凡哀號著：「我不喜歡這兒，媽，她弄痛我了！她捏我肩膀捏得好用力……」

「伊凡，我確定她不是故意的，她只是在跟你開玩笑，想討你歡心，給她一個機會……好嗎？」

伊凡想要抗議，但是又忍了下來。

「伊凡，媽媽相信你。」媽媽又說，並把眼光轉向廚房。他們兩人都看見凱

這句英文怎麼說

我相信你。
I'm counting on you.

薩琳站在流理臺前，寬闊的背部對著他們，正在用一把大菜刀砍著什麼東西。

「但是她……她好奇怪喲！」伊凡抗議道。

「聽著，伊凡，我了解你的感受，」他的母親說：「但是你不必整天跟她待在一塊呀！這附近有很多小朋友，你可以帶崔格出去散步，我相信你會遇到許多年紀差不多的朋友。她是個老人家，伊凡，她不會要你每天在她身邊晃來晃去的。」

「我想是吧！」伊凡低聲咕噥。

他的母親突然彎下身來，擁抱了他一下，把臉頰貼在他臉上。他知道這個擁抱是想讓他開心起來，但是這反而讓他覺得更難過了。

「我相信你。」母親在他耳邊又說了一遍。伊凡決定要努力嘗試，要勇敢一些。

「我來幫忙把行李箱搬到房間裡。」他說。

他們把箱子搬上狹窄的樓梯。他的房間其實是一間書房，牆上排列著一層層的書架，上頭滿是老舊的精裝書，一張很大的紅木書桌擺在房間中央，一張窄窄的小床被安置在房間裡唯一的、裝著窗簾的窗戶底下。

那扇窗戶面對著後院，那是一塊有著綠色草皮的長方形院子，左邊有一間灰色木造的車庫，右邊是一排高高的柵欄。院子後頭有一小塊用籬笆圍起來的地方，看起來有點像狗欄。房裡有種霉味。一股樟腦丸的氣味撲鼻而來。

崔格打了個噴嚏，牠在地上打著滾，四條腿在空中亂揮。

牠也無法忍受這個鬼地方，伊凡心想。但是他並沒有把自己的想法說出來，只是勇敢的對著母親微笑。

媽媽很快的把箱子裡的東西取出來，緊張的看著手錶。「我要遲到了！我可不想錯過這班飛機。」她又給伊凡一個擁抱，這次抱得久一點，接著從皮夾中取出一張十塊錢的鈔票，把它塞進伊凡的襯衫口袋裡，「給自己買點好東西，要乖乖的，我會儘快趕回來！」

「好，再見。」他說。他的胸口噗通噗通直跳，喉嚨乾得像火燒。媽媽身上的香水味兒暫時蓋過了樟腦丸的氣味。他不想讓媽媽離開，他心裡難受極了。

你只是害怕罷了。伊凡斥責自己。

「到了亞特蘭大，我會打電話給你。」她高聲喊著，接著便消失在樓梯口，

這句英文怎麼說

我可以做些什麼呢？
What am I going to do?

去跟凱薩琳道別了。

媽媽的香水味消失了。樟腦丸的味道又回來了。

崔格彷彿知道發生了什麼事似的發出一聲哀號，好像知道他們被拋棄在這個陌生的屋子裡，要跟一個奇怪的老太婆作伴。

伊凡把崔格抱了起來，用鼻子碰了碰牠冰涼的黑鼻子，然後又把牠放回那破舊的地毯上，自己往窗前走了過去。

他站在那裡好一會兒，一隻手把窗簾拉向一邊，朝下望著那個長著綠草的小後院，試著平息胸中的騷動。幾分鐘後，他聽見母親在碎石子路上倒車的聲音，然後便聽見車子開走了。

當他再也聽不見車子的聲音時，伊凡嘆了一口氣，一屁股坐在小床上。「就只剩下你跟我了，崔格。」他悶悶不樂的說。

崔格正忙著在門後嗅來嗅去。伊凡抬起頭來，瞧著那一整面牆的舊書。

我整天在這兒要做些什麼呢？他用雙手拄著頭問自己。沒有任天堂遊戲機，沒有電腦。姑婆的小客廳裡，甚至沒有電視機……我可以做些什麼呢？

他又嘆了一口氣，從床上爬起來，走過一排排的書架，眼睛掃過一本本書名。

書架上很多科學方面的書籍和教科書：關於生物、天文，以及古埃及的書，還有化學和醫學教科書。好幾排書架上堆滿了塵封泛黃的舊書。

也許凱薩琳的先生，也就是伊凡的老姑丈公，生前曾是一位科學家。

完全沒有我可以讀的書，伊凡鬱悶的想。

接著，他拉開櫥櫃的門。

「啊！」

一個東西向他撲了過來，他忍不住放聲大叫。

「救命！拜託……救命啊！」

眼前變得一片漆黑。

「救命呀！我看不見了！」伊凡大聲尖叫。

這句英文怎麼說

你一定嚇著這孩子了。
You must have given the boy a fright.

3.

當那團熱呼呼的黑色東西爬上他的臉時，伊凡驚恐萬分，踉蹌的後退幾步。

他花了好幾秒鐘才搞清楚那是什麼。他的心臟仍然猛力的跳個不停，他伸出手來把那隻尖聲怪叫的黑貓從臉上拉開。

貓無聲無息的落在地上，緩緩的往門口走去。伊凡轉過身，猛然看見凱薩琳站在那兒咧著嘴笑，好像覺得很有趣似的。

她在那兒站了多久了？他不禁想。

「莎拉貝，妳怎麼跑到那裡頭去了？」她用一種半開玩笑的責備語氣，彎下腰來對她的貓兒說話，「妳一定嚇著這孩子了。」

莎拉貝「喵」的叫了一聲，在凱薩琳光著的腿上蹭來蹭去。

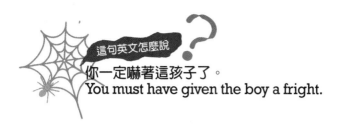

「莎拉貝嚇著你了嗎？」凱薩琳笑著問伊凡，「這隻貓有種奇怪的幽默感。牠很壞，壞透了！」她咯咯笑著，好像自己講了什麼有趣的話似的。

「我還好。」伊凡遲疑的說。

「要小心莎拉貝，牠很壞。」凱薩琳又說了一次，然後彎下身來捉住貓的後頸，把牠提到面前，「很壞，很壞，很壞！」

看見莎拉貝懸在半空中，崔格發出一聲怒吼，短短的尾巴搖個不停，又吠又吼的朝莎拉貝跳過去。一撲不中，牠又再跳一次，朝莎拉貝的尾巴猛咬一口。

「下來，崔格！快下來！」伊凡大喊。

莎拉貝使勁要從凱薩琳的手中掙脫出來，牠伸出貓爪朝她猛揮過去，又怒又怕的尖叫著，而伊凡努力的要把那頭激動萬分的可卡狗拉開，可是崔格仍然不停的狂吠。

伊凡捉住了崔格，這時貓兒也掙扎著跳了下來，消失在門口。

「壞狗！壞狗！」伊凡低聲說。但他其實有點言不由衷，他很高興崔格把那隻貓給嚇跑了。

這句英文怎麼說

我得好好照料這隻狗。
I have to take care of the dog.

他抬起頭來，看見凱薩琳仍然堵在門口，嚴厲的瞪視著他，「把狗帶過來！」她說著。她的眼睛微微瞇起，蒼白的嘴唇抿得緊緊的。

「什麼？」伊凡緊緊抱住崔格。

「把狗帶過來！」她冷冷的重述道：「我們不能讓動物在屋子裡頭打架。」

「但是凱薩琳姑婆……」伊凡想要求情，忽然又想起她是聽不見的。

「莎拉貝是個壞蛋，」凱薩琳說，表情並沒有舒緩下來，「我們不能惹惱牠，是不是？」她轉過身去，走向樓梯，「把狗帶過來，伊凡。」

伊凡雙手緊緊抓著崔格，遲疑不前。

「我得好好照料這隻狗。」凱薩琳嚴厲的說：「快來！」

伊凡驚恐萬分。她這是什麼意思？「照料」這隻狗？

一個畫面閃過他的腦海：凱薩琳站在門口，手裡握著一把血淋淋的尖刀。

「把狗帶過來！」凱薩琳不肯鬆口。

伊凡倒抽了一口氣。她到底要怎麼對付崔格呢？

4.

「我會好好照料你的，小狗崽子！」凱薩琳說著對崔格皺皺眉。崔格低聲叫了幾聲作爲回應。

「快來，伊凡，跟我來！」她不耐煩的說。

伊凡看得出來他別無選擇，只好順從的帶著崔格下樓，跟著姑婆來到後院。

「我都準備好了。」她邊說邊回頭確定他們是不是跟來了。

儘管姑婆年齡不小——至少有八十歲了——她的步伐卻仍是又大又穩。

「我知道你會帶條狗來，所以我事先就做好準備了。」

當他們穿過院子，走向後面那塊長方形的圍起來的地方時，崔格一路舔著伊凡的手。

這句英文怎麼說

我都準備好了。
I'm prepared.

「這是特別給你的狗準備的，」凱薩琳伸手抓起一條橫過狗欄的繩子。「繫在牠的項圈上，伊凡。你的狗會在這兒玩得很開心的！」接著，她責難似的對著崔格皺了皺眉說：「這樣牠也不會再找莎拉貝的麻煩了。」

當伊凡知道凱薩琳對崔格的「照料」僅止於此時，他大大的鬆了口氣，但他還是不想把崔格綁在這個像監牢似的地方。崔格是隻家犬，牠不會喜歡獨自被放在外頭的。

但是伊凡知道他沒有辦法跟凱薩琳爭辯。他一邊把繩子繫在崔格的項圈上，一邊忿忿的想：從某方面來說，凱薩琳是很聰明的，因爲她不肯學手語，也不肯讀唇語，這意味著她可以爲所欲爲，沒有人能夠對她說「不」。

他蹲下身來，在崔格溫暖的頭上拍了拍，抬頭看著這位老婦人。

她雙手環抱胸前，藍色的眼珠在陽光下閃閃發光，臉上帶著一抹勝利的冷笑。

「這才是好孩子！」她說，等伊凡起身後她才往屋裡走。「我一見到你，就知道你是個好孩子。進屋裡來，伊凡。我準備了餅乾和牛奶，你會喜歡的。」她的話語都很和藹，但聲音卻是又冷又硬。

眼見伊凡跟著凱薩琳進屋，崔格不開心的叫了一聲。伊凡轉過身來，想要回頭安慰那條狗兒，但是凱薩琳的手像鐵鉗一樣緊緊抓著他的手，兩眼直視前方，領著他往廚房門口走去。

窄小的廚房十分凌亂，但是非常暖和。

凱薩琳打手勢要伊凡坐在靠牆的一張小桌旁，桌上鋪了塑膠製的方格桌布。她把點心拿過來時，皺著眉頭看著他，像是在研究他似的。

伊凡吞下牛奶和燕麥葡萄餅乾，聽著崔格在後院號叫。

燕麥葡萄不是他最喜歡的口味，但是他驚訝的發現自己居然餓了。他狼吞虎嚥的吃喝時，凱薩琳站在門邊，專注的瞧著他，臉上有種嚴峻的表情。

「我要帶崔格出去散步。」他對凱薩琳說，並用她剛才給他的紙巾擦掉上唇的一圈牛奶印子。

凱薩琳聳聳肩，皺起眉頭。

喔，對了！她聽不見。伊凡心想。

這句英文怎麼說

我要帶崔格出去散步。
I'm going to take Trigger for a walk.

他站在廚房的窗口，指指崔格，然後用兩根手指比著走路的動作。凱薩琳點點頭。

唉！他想，往後可辛苦了！

他揮手道別後，急忙趕到後院，將崔格從牢籠中放了出來。

幾分鐘後，崔格扯著狗鍊，嗅著路邊的花草，跟伊凡一起往街上走去。路上的房屋多半跟凱薩琳的屋子差不多大，前面都有修剪得整整齊齊的方形小院子。

有一群很小的孩子繞著一棵樺樹追逐嬉戲，還有一個穿著鮮橘色泳褲的中年人，在自家車道上拿著水管洗車，但是他沒有看到任何和他年齡相仿的孩子。

崔格對著一隻松鼠吠叫，狗鍊從伊凡的手中脫開。

「嘿，回來！」伊凡朝崔格大喊。而崔格就像平常一樣不聽話，自顧自的追那松鼠去了。

松鼠聰明的爬上一棵樹，但是視力已經大不如前的崔格還是繼續往前追。

伊凡全速奔跑，喊著狗兒的名字，追著牠轉過街角，又跑過了半條街。這時崔格才明白，牠把松鼠給追丟了。

伊凡一邊喘著氣，一邊捉住了狗鍊。「逮到你了！」他說。他在狗鍊上拉了一下，想把氣喘吁吁的崔格牽回凱薩琳住的那條街上。

崔格繞著一根深色的樹幹嗅了嗅，往相反的方向走去。伊凡正打算抱起這隻頑固的狗，突然有一隻手抓住他的肩膀，把他嚇了一大跳。

「你是誰呀？」一個聲音問伊凡。

這句英文怎麼說

那女孩笑了。
The girl laughed.

5.

伊凡回過身來，發現一個女孩子站在他後面，深棕色的眼睛直盯著他瞧。

「妳爲什麼抓我的肩膀？」他心跳得好厲害。

「嚇嚇你呀！」她直截了當的回答。

「喔，那……」伊凡聳聳肩。崔格用力扯了一下狗鍊，幾乎把他拉倒。

那女孩笑了。

女孩長得滿漂亮的。她留著短短的棕色卷髮，幾乎接近黑色，還有閃亮的棕色眼睛，臉上滿是揶揄的微笑。她穿著一件超大號的黃色T恤，罩在黑色的彈性緊身褲上，腳上蹬著一雙鮮黃色的耐吉球鞋。

「你到底是誰？」她又問。

她不是個害羞內向的女生，伊凡很肯定。

「我就是我！」他說，並任由崔格拉著他繞著大樹兜圈子。

「你搬進溫特霍特家的房子了，是嗎？」她跟著他問。

他搖搖頭，「不，我只是來作客。」

她失望的皺起了眉頭。

「只住一兩個禮拜。」伊凡補充說：「我跟我姑婆住在一塊。事實上，她是我的大姑婆。」

「那她有什麼偉『大』的地方嗎？」女孩打趣的說。

「沒有，」伊凡一本正經的說：「完全沒有。」

崔格嗅著一隻停在棕色草葉上的蟲子。

「那是妳的腳踏車嗎？」伊凡指著倒在女孩身後的草地上，一輛紅色的ＢＭＸ腳踏車。

「是呀！」她回答。

「好酷喲！」他說。「我也有一輛和它差不多的。」

這句英文怎麼說

我只是來作客。

I'm just visiting.

「我喜歡你的狗，」她看著崔格說：「牠看起來眞的好傻。我喜歡傻狗。」

「我也是。」伊凡笑了起來。

「牠叫什麼名字？牠有個很呆的名字嗎？」她彎下腰來，想要撫摸崔格的背，但是被牠閃開了。

「牠叫崔格。」伊凡說，等著看女孩的反應。

「耶！眞的滿呆的！」她若有所思的說：「特別是對一隻可卡狗來說。」

「多謝讚美。」伊凡不知該怎麼說。

崔格轉過頭來，嗅著那女孩的手。牠猛搖尾巴，舌頭都快垂到地上去了。

「我也有個很呆的名字。」女孩先開了個頭，等著伊凡問她。

「是什麼？」伊凡終於開口。

「安德莉亞。」她說。

「這名字不呆呀。」他說。

「我討厭它！」她說著從緊身褲上拿掉一根草葉。

「安——德——莉——亞，」她故意用一種低沉而很有教養的腔調拉長聲音

念著，「聽起來好做作，好像我應該穿著拘謹的白色上衣加燈芯絨背心裙，牽著一條貴賓狗到處走，所以我都要大家叫我安蒂。」

「嗨，安蒂，」伊凡一邊撫摸著崔格，一邊說：「我的名字叫做……」

「別說出來！」她伸出溫熱的手掌摀住了他的嘴，打斷了他。

她眞的一點都不害羞，他心想。

「讓我猜猜看，」她說：「你的名字也很傻嗎？」

「是呀！」他點點頭，「我叫伊凡，傻子伊凡（註）！」

她笑了，「這眞是個傻名字。」

伊凡很高興自己把安蒂逗笑了，他發現她讓自己的心情好了起來。在他原來住的地方，許多女孩子都不欣賞他的幽默感，她們認爲他很蠢。

「你在做什麼？」她問。

「帶崔格散步，妳知道嘛，就是熟悉一下附近的環境。」

「這附近沒什麼好玩的，」她說：「只有一堆房子！要不要到鎮上去？離這兒只有幾條街而已。」她往街道那頭指去。

伊凡猶豫了，他沒有告訴姑婆他要到鎮上去。
但是，管他的！反正她根本不會在乎。
再說，能出什麼事呢？

註：「傻子伊凡」是俄國民間故事的主角，單純、善良、樂於助人。雖然常受到捉弄和嘲笑，總能通過重重考驗，得到獎賞與勝利。

這句英文怎麼說

他很高興自己把她逗笑了。
He felt glad that he made her laugh.

6.

「好呀，」伊凡說：「我們到鎮上看看吧！」

「我得上玩具店去替我表哥挑禮物。」安蒂一邊說，一邊把腳踏車扶起來。

「妳幾歲？」伊凡問，並把崔格往街頭的方向拉。

「十二歲。」

「我也是。」他說：「我可以騎一下妳的腳踏車嗎？」

她邊搖頭邊跨上那窄窄的車座，笑著說：「不行，但是你可以跟在旁邊跑。」

「妳真的是很逗耶！」他挖苦安蒂。

她蹬著踏板，伊凡只好拔腿跟上。

「那你就是很傻！」她開玩笑的回頭朝他喊。

這句英文怎麼說

我可以騎一下你的腳踏車嗎？
Can I try your bike?

「嘿！安——德——莉——亞……等等我！」伊凡故意拖長了她的名字來氣她。

過了幾條街就沒有住宅了，他們來到了鎮上。這個市鎮只有三條街道，兩旁是幾排兩層樓的低矮商店和辦公室。伊凡看見一間磚造的小郵局，一間前面掛著老式圓筒招牌的理髮店，一間雜貨店，一間「免下車」銀行，還有一間五金行。五金行的窗子上掛著一個鳥飼料減價的大招牌。

「玩具店在下一條街。」安蒂推著腳踏車走在人行道上。伊凡拉拉崔格的狗鍊，好讓牠跟上腳步。「鎮上其實有兩家玩具店，一家舊的一家新的，我比較喜歡舊的那一家。」

「我們去瞧瞧吧！」伊凡瀏覽著街角的錄影帶店窗口，那兒堆滿了新的展示品。

不曉得凱薩琳姑婆有沒有錄影機，他想。但他很快的打消了這個念頭。不可能的。

那玩具店是一間老舊的木造建築，已經好幾年沒油漆過了，佈滿灰塵的窗子

上掛著一塊小小的手繪招牌，上面寫著：「華格納稀奇古怪玩具店」。窗口並沒有展示半個玩具。

安蒂把腳踏車靠在店鋪前面，她說：「這個老闆有時候有點難纏，我不知道他會不會讓你的狗進去。」

「喔，那就試試看吧！」伊凡說著把門拉開，崔格用力拖著狗鍊，一馬當先衝進玩具店。

伊凡發現自己進到了一間陰暗狹窄、天花板很低的屋子裡，他的眼睛好一會兒才適應昏暗的光線。

這家店看起來像是一間倉庫，一點也不像店鋪。兩邊的牆上，從地板延伸到天花板都是一層層的貨架，上面塞滿了一盒盒的玩具，店鋪中央是一個長長的展示櫃臺，兩邊只留下狹窄的走道，窄得連伊凡這樣瘦小的人都得側身擠過去。

在店鋪前方一架老式木製收銀臺後面，一個看起來脾氣不太好的男人坐在一張高腳凳上。這人的頭頂又紅又禿，只有中間有一撮白髮，嘴上蓄著一道白色的髭鬚，當伊凡和安蒂走進來時，那道小鬍子像是不太高興似的皺了起來。

這句英文怎麼說

那就試試看吧。
Let's give it a try.

「嗨！」安蒂怯怯的對那人招了招手。

他咕噥一聲算是回答，然後又繼續看他的報紙。

崔格激動的嗅著下層的架子，伊凡瀏覽著一堆堆的玩具，從那層厚厚的灰塵看來，這些玩具擺在那兒大概有一百年了。每樣東西好像都是隨手丟在一塊，洋娃娃旁邊是組合房屋，美術用品和老舊的人偶玩具混在一起，這些人偶伊凡甚至根本不認得；一堆足球下面還塞著一組玩具鼓。

他和安蒂是店裡僅有的顧客。

「他們有任天堂遊戲嗎？」伊凡問她，聲音壓得低低的，生怕打破了店裡的寂靜。

「我想沒有，」安蒂低聲回應，「我來問他。」她朝著前頭喊：「你們有任天堂遊戲嗎？」

過了好一會兒，老闆才搔了搔耳朵，咕噥了一句：「沒進這種貨。」聽起來好像很不高興被打擾。

安蒂和伊凡逛到了玩具店的後頭。

「妳爲什麼會喜歡這個地方？」伊凡隨手拿起一把套著牛仔皮套的老式手槍，悄悄問安蒂。

「我就是覺得這間店很棒，」她回答：「你在這兒眞的可以挖到寶，這兒跟其他的玩具店都不一樣。」

「可不是嗎。」伊凡有點嘲諷的說，「嘿……妳瞧！」他拿起一個便當盒，側面畫著一個穿著黑衣的牛仔。「郝白龍．卡西迪，」他念著：「誰是郝白龍．卡西迪？」

「是一個名字很蠢的牛仔！」安蒂從他手中拿過那個便當盒，仔細的端詳著。

「你瞧……是金屬做的，不是塑膠的耶！不曉得我表哥會不會喜歡？他也很喜歡蠢名字。」

「這可是個怪怪的禮物！」伊凡說。

「他正好是個怪怪的表哥！」安蒂打趣的說，「嘿，你看這個，」她放下那個舊便當盒，拿起一個很大的箱子，「這是一個魔術箱，『表演一百種戲法，讓你的朋友目瞪口呆』。」她照著上頭的字念。

這句英文怎麼說

你為什麼會喜歡這個地方？
Why do you like this place?

「一百種戲法可真夠多的！」伊凡說。

在陰暗的店鋪裡，他又往更後頭逛過去。崔格領著路，一路用力嗅著。

「咦！」伊凡訝異的發現這裡有一道窄門，通往後面一個小小的房間。

伊凡往裡頭瞧，發現這個小房間比前頭更陰暗，灰塵更多。他走了進去，看見被扔在紙箱裡的破舊填充動物、裝在泛黃褪色的盒子裡的遊戲組，還有磨得又薄又皺的棒球皮手套。誰會要這些垃圾呢？他心想。

正當他想轉身出去時，某樣東西吸引了他的視線，那是一個藍色的罐子，大約像雞湯罐那麼大。他把罐子拿了起來，發現它居然出奇的重。

他把罐子湊到眼前，在黯淡的燈光下仔細端詳著，褪色的標籤上寫著：「魔血」。在那下面，有一排較小的字：「驚人的奇蹟物質」。

嘿，這看起來挺酷的！他心想，一邊把罐子拿在手裡轉來轉去。

他突然想起媽媽塞在他襯衫口袋裡的十塊錢。

他一轉頭，赫然發現老闆站在門口，深色的眼睛睜得大大的，滿是怒氣。他朝伊凡和狗兒大吼：「你們在後頭做什麼？」

7.

崔格被老闆雷鳴般的吼聲嚇了一跳，高聲狂吠著。

伊凡抓著狗鍊，把崔格拉近了一些。

「呃……這個多少錢？」他舉起那罐「魔血」問。

「這是非賣品！」老闆吹鬍子瞪眼睛，壓低了聲音說道。

「什麼？可是它是擺在貨架上的呀？」伊凡指著架子說。

「它太舊了，」那人堅持道：「也許已經壞掉了。」

「那好，無論如何我就是要買，」伊凡說：「既然它這麼舊，可不可以算便宜一點？」

「那是什麼？」安蒂出現在門口。

這句英文怎麼說

這是非賣品。
It's not for sale.

「我也不知道，」伊凡對她說：「這個『魔血』看起來挺酷的！」

「那是非賣品。」老闆很堅持。

安蒂擠到伊凡身邊，從他手中接過罐子，「噢，我也要一罐。」她拿著罐子在手裡轉著，對老闆說。

「只有一罐。」伊凡對她說。

「你確定嗎？」她開始在貨架上搜尋。

「我說那壞掉了！」老闆堅持著，聽起來好像很生氣的樣子。

「我也要一罐。」安蒂對伊凡說。

「抱歉，」伊凡把罐子拿了回來，回答說：「是我先看到的！」

「我跟你買！」安蒂說。

「你們爲什麼不把它分成兩半呢？」老闆建議他們。

「這麼說，你是肯賣囉？」伊凡急急的說。

老闆聳聳肩，搔了搔耳朵。

「多少錢？」伊凡問。

「你確定你沒有多一罐嗎？」安蒂問完，又回去搜尋貨架，把一堆貓熊玩偶推開。「或者兩罐？我可以自己留一罐，另一罐送給我表哥。」

「兩塊錢。」老闆對伊凡說：「我可是告訴過你了，這東西太舊了，可能壞掉了。」

「沒關係。」伊凡說著伸手到襯衫口袋裡，拿出那張十塊錢的鈔票。

「那好，不過以後可不能拿回來跟我抱怨。」老闆粗聲粗氣的說完，就走向店鋪前面的收銀臺。

幾分鐘後，伊凡拿著那藍色的罐子走到外頭明亮的陽光中。崔格興奮的喘著氣，搖著短短的尾巴，很高興能離開那間陰暗而佈滿塵埃的店鋪。安蒂跟著他們出來，臉上的表情不太開心。

「妳沒買那個便當盒呀？」伊凡說。

「不要改變話題，」她氣沖沖的說：「我出五塊錢跟你買。」說著她伸手去抓那罐「魔血」。

「門兒都沒有！」伊凡回答。他笑著說：「妳眞的很霸道耶。」

這句英文怎麼說

你想騎這輛車回家嗎？
You want to ride the bike home?

「我是獨生女，」她說：「我被慣壞了。」

「我也是獨生子。」伊凡說。

「我有個辦法，」安蒂一邊把腳踏車從店鋪的牆邊牽過來，一邊說：「我們把它給分了！」

「分了？」伊凡搖搖頭說：「那……妳怎麼跟我分享妳的腳踏車，我就怎麼跟妳分享它！」

「你想騎這輛車回家嗎？給你騎！」她把車朝他一推。

「我才不要！」他說，把腳踏車推還給她，「我現在不想騎妳的破車了，那是給女生騎的。」

「才不是呢！」她反駁道：「它怎麼會是給女生騎的？」

伊凡不理會她的問題，拉拉崔格的狗鍊，好讓那條老狗繼續往前走。他們開始往姑婆家的方向走去。

「它怎麼會是給女生騎的？」安蒂又問一遍，推著腳踏車走在他旁邊。

「這樣吧，」伊凡說：「妳跟我到姑婆家，我們把罐子打開，我讓妳玩一會兒。」

「耶！好棒！」安蒂奚落著伊凡：「你真是個大好人，伊凡。」

「我知道。」伊凡咧開嘴笑了笑。

當伊凡和安蒂到家時，凱薩琳正坐在客廳裡一張大大的扶手椅上。伊凡聽見她似乎正在跟什麼人激烈的爭辯著。她在跟誰說話？伊凡納悶著。

伊凡將安蒂領進屋裡，只見屋子裡除了凱薩琳之外，就只有那隻黑貓莎拉貝。伊凡進門時，那貓轉過身來，高傲的走出了客廳。

凱薩琳盯著伊凡和安蒂，臉上露出驚奇的表情。

「這是安蒂。」伊凡指著他的新朋友說。

「你手裡拿的是什麼？」凱薩琳問。她沒有理會安蒂，抬起一隻大手往「魔血」伸過去。

伊凡心不甘情不願的把罐子遞給了她。

她皺著眉頭，把罐子拿在手裡轉了轉，停下來看著標籤上的字，嘴裡喃喃有詞的念著。她把罐子拿在手上好久好久，似乎正在仔細的研究它，然後終於把罐

這句英文怎麼說

你真是個大好人。
You're a great guy.

子還給伊凡。

伊凡拿回了罐子，正要帶安蒂到他房間時，他聽見凱薩琳在他背後低聲說了句什麼。他聽得不是很清楚，她似乎是說「當心點！」但是他並不十分確定。

他轉過身來，看見莎拉貝正在門口瞪著他瞧，黃色的眼珠在黯淡的光線中散發著灼熱的光芒。

「我姑婆完全聽不見。」兩人爬上樓梯時，伊凡對安蒂解釋。

「那你不就想把音響開多大聲都可以了？」

「凱薩琳姑婆家裡沒有音響。」

「那就太糟了！」安蒂繞著伊凡的房間走了一圈，拉開窗簾往下看，她看見崔格正悶悶不樂的縮在狗欄裡。

「她眞的是你姑婆嗎？」安蒂問，「她看起來不會很老嘛！」

「那是因爲她一頭黑髮，」伊凡回答，一邊把那罐「魔血」擺在房間中央的書桌上，「所以看起來比較年輕。」

「你看，這裡有這麼多關於魔法的書！」安蒂大呼，「你姑婆怎麼會有這些書呢？」

她從書架上拉出一本厚重的舊書，把上面一層灰塵吹掉，「或許你姑婆打算趁你睡著的時候到這兒來向你下咒，把你變成一隻蠑螈。」

「也許吧！」伊凡咧嘴笑了笑，回答說：「不過，什麼是蠑螈呀？」

安蒂聳聳肩說：「好像是一種蜥蜴吧，我猜。」她翻過那本舊書泛黃的書頁，「我記得你說過在這兒沒事可做，」她對伊凡說：「你可以讀這些很酷的書呀！」

「是呀，又酷又刺激！」伊凡冷冷的說。

安蒂把書放回書架上，走到書桌旁邊，挨著伊凡站著，眼睛看著那罐「魔血」。

「打開吧！這麼舊了，搞不好都爛掉發臭了。」

「是喔！」伊凡說。他拿起罐子仔細研究著，「沒有使用說明。」

「打開蓋子就是了！」她不耐煩的說。

他使勁拉了一下，但是蓋子絲毫沒動。

「也許你需要開罐器或是什麼的。」她說。

這句英文怎麼說

也許你需要開罐器或是什麼的。

Maybe you need a can opener or something.

「謝謝妳的雞婆。」他低聲咕噥，又去研究罐子上的標籤，「妳看，沒有使用說明，沒有成份，什麼都沒有。」

「那當然囉，這是魔鬼的血嘛！」她喊叫著，一邊模仿著吸血鬼德古拉，握住伊凡的脖子，假裝要掐他。

他笑了起來，「住手！妳別瞎攪和了！」

他把罐口用力往書桌砸去，罐蓋掉了下來。

「啊，妳看！」

她鬆開他的脖子，兩人一起往罐子裡頭瞧去。

8.

罐子裡的東西是鮮綠色的，在天花板燈光的照射下，像果凍般發出微光。

「摸摸看！」安蒂說。

但是伊凡還沒來得及摸到，安蒂已經伸一隻指頭進去戳它。

「涼涼的！」她說。「摸摸看，眞的很冰涼。」

伊凡也伸出一隻指頭在罐內戳了戳，的確冰冰涼涼的，而且比果凍還黏稠，也更濃些。

他把指頭伸得更裡頭一些……當他拔出指頭時，那東西發出一聲很響的吸吮聲。

「好噁！」安蒂說。

這句英文怎麼說

我打賭它會在黑暗中發光。
I'll bet it glows in the dark.

伊凡聳聳肩，「我見過更噁心的！」

「我打賭它會在黑暗中發光。」安蒂說著跑向門邊的電燈開關，「這種綠色看起來像是會在黑暗中發光。」

她關掉天花板上的大燈，但是昏黃的太陽還是透過窗簾照了進來。

「試試櫃子裡！」她興奮的指揮著。

伊凡把罐子拿進櫥櫃裡，安蒂跟在後面，把櫃門關上。

「嘖，樟腦味兒！」她大喊：「我不能呼吸啦！」

那「魔血」果然能在黑暗中發光，罐口似乎射出一圈綠色的光芒。

「噢，好酷喔！」安蒂邊說邊捏著鼻子，免得吸進那股刺鼻的樟腦味兒。

「我以前就玩過這種東西了，」伊凡大失所望的說：「叫什麼『異形物質』或是『噁心黏糊』之類的。」

「哦，如果你不要，那就給我吧！」

「我可沒說我不要。」伊凡很快的回答。

「我們出去吧！」安蒂受不了樟腦丸的氣味，懇求伊凡。

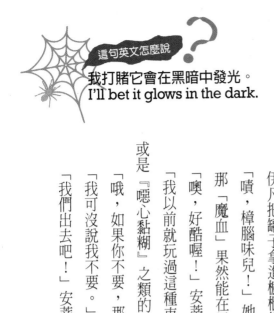

伊凡推開櫃門，兩個人衝出櫃子，砰的一聲把櫃門關上。兩人拚命呼吸新鮮空氣，吸了好幾秒鐘。

「呼！我痛恨那股味道！」伊凡說。他轉過頭來，看見安蒂從罐子裡撈起了一團「魔血」。

她把「魔血」放在手掌心上捏著，「感覺比在罐子裡頭更涼了。」她對伊凡露齒而笑，「你瞧，把它捏扁之後，它還會彈回原狀。」

「是呀，它可能還能彈跳呢！」伊凡一點也不驚訝：「妳把它放在地上拍拍看，這種東西全都會像橡膠一樣彈來彈去。」

安蒂把那團「魔血」揉成一個小球，扔到地板上，它馬上彈回到她的手中，她再扔得更用力些，這次它彈到牆上，接著又飛出臥室的房門。

「眞的很會跳耶！」她追到走廊上說：「我們來看看它的彈性怎麼樣。」

她抓住那團小球，用兩隻手拉扯，把它拉成一長條，「哇，可以拉得很長耶！」

「這有什麼稀奇，」伊凡說：「我以前那些東西也都是能彈又能拉的，我還

這句英文怎麼說

真的很會跳耶。
It bounces really well.

以爲這玩意會有什麼不一樣！」

「即使在手裡揑了半天，它還是很涼耶！」安蒂說著走回房間裡。

伊凡瞥見牆上有一個暗色的小圓點，是「魔血」的印子。

「妳看，這玩意兒會留下印子耶！」

「我們把它拿出去扔著玩吧！」安蒂提議。

「好呀！」伊凡表示同意，「我們到後院去，這樣崔格就不會太孤單了。」

伊凡拿出罐子，安蒂把那團「魔血」丟了回去，他們便下樓來到後院，受到崔格十二萬分的歡迎，彷彿牠已經至少有二十年沒見到他們似的。

崔格終於冷靜下來，坐在樹蔭底下，咻咻的喘著大氣。「乖，」伊凡溫柔的說：「輕鬆一下，輕鬆一下嘛。」

安蒂把手伸進罐子裡，撈起一團綠色的「魔血」，接著伊凡也如法炮製。他們把這玩意兒揉成兩個小球，開始又拋又接的玩著。

「它都不會變形耶，好神奇喲！」安蒂把那團綠色的小球高高的扔到空中說。

伊凡一隻手遮住黃昏的陽光，一隻手接住小球。「這些東西全都是這樣，」

他說，「沒什麼特別的！」

「喔，我倒覺得很酷！」安蒂反駁。

接下來的那一球，伊凡丟得太高了，綠色的小球砸到安蒂伸出來的手掌。

「哇！」

「對不起！」

他們兩人看著小球彈了一下、兩下，然後落在崔格的前頭。

崔格吃了一驚，跳起身來，用鼻子嗅著「魔血」。

「崔格！」伊凡大叫：「別碰它！別碰它！乖！」

崔格就像往常一樣的不聽話，低下頭來舔著那團發光的綠色小球。

「不可以！」伊凡緊張的喊。

他和安蒂一起衝向崔格。

但是他們慢了一步。

崔格把那團「魔血」叼在兩排牙齒中間咀嚼著。

「崔格！」伊凡大喊：「不可以吃！快吐出來！」

這句英文怎麼說

別碰它！
Leave it alone!

崔格吞下去了。

「噢，天啊！」安蒂的兩隻手握成拳頭。「這下子剩下的『魔血』不夠我們兩個分了！」

但是伊凡擔心的不是這個。他彎下腰來，掰開崔格的嘴巴，那團綠色的小球不見了，被牠吞下肚了！

「你這隻笨狗！」伊凡輕聲罵著，並放開牠的嘴巴。

煩人的念頭一個接著一個湧上心頭，伊凡搖搖頭。

要是那玩意讓崔格生病怎麼辦？

要是那玩意有毒呢？

9.

「我們今天要烤派嗎？」伊凡把問題寫在黃格紙上，問他的姑婆。那疊黃格紙是他在臥室的書桌上找到的。

凱薩琳一邊梳著馬尾辮，一邊看他的問題。早晨的陽光透過廚房的窗戶照進來，她的臉孔在陽光下顯得像麵粉一樣蒼白。

「派？什麼派？」她冷冷的回答。

伊凡張口結舌。

但他決定不要提醒她。

「出去跟你的朋友玩，」凱薩琳說，語氣仍然很冷淡。這時莎拉貝走過餐桌，凱薩琳伸出手來拍拍牠的頭。「你爲什麼要陪著一個老巫婆待在屋子裡？」

這句英文怎麼說

看起來好像會下雨。
Looks like it might rain.

伊凡來到這兒已經三天了，他很想跟姑婆友好相處，但是他越是努力，她就變得越發冷淡。

姑婆很小氣，眞的是很小氣。伊凡吃著碗裡最後一匙碎麥穀片，一邊想著。她只有這種口味的穀片，每天早晨伊凡都得費勁的勉強自己呑下。即使加了牛奶，這種穀片還是乾得要命，而她連糖也不讓他加。

「看起來好像會下雨。」凱薩琳說完便啜飲了一大口濃茶，喝茶的時候兩排牙齒還格格作響。

伊凡望向窗外明亮的陽光。她憑什麼認爲會下雨呢？

他把目光轉回來看了看凱薩琳，她隔著小餐桌坐在他的對面。他頭一次注意到她掛在脖子上的鍊墜，那個墜子是奶油色的，好像是某種骨頭的形狀。

那是一塊骨頭，伊凡確定。

他注視著那個墜子，想判斷那是眞實的動物骨頭，還是用象牙雕成的。凱薩琳注意到他的目光，大手一伸，趕緊把墜子塞進上衣裡。

「去找你的女朋友吧！她長得不錯。」凱薩琳又喝了一大口茶，呑嚥茶水的時候牙齒又發出聲音。

是的，我得離開這兒，伊凡心想。

他把椅子向後推開，站起身來，把自己的碗拿到洗碗槽裡。

我再也無法忍受了，伊凡好難受。她討厭我！她眞的討厭我！

他快步上樓，回到自己的房間，梳了梳他卷曲的紅髮。他盯著鏡子，想起昨晚媽媽打來的電話。

媽媽是在晚飯後不久打來的，從她的聲音聽起來，亞特蘭大那邊的事情進行得並不順利。

「情況怎麼樣了，媽？」他問母親。聽到她的聲音，伊凡眞是高興極了，儘管她目前在千里之外。

「沒有什麼進展……」媽媽回答得有點遲疑。

「是怎麼回事？爸爸怎麼樣？你們找到房子了嗎？」他像連珠砲般問了一大串問題。

「慢一點！」羅斯太太回答，她聽起來很疲倦。「我們都很好，但是找房子

這句英文怎麼說

撐著點。
Hang in there.

的事比我們預計的要多花點時間，我們還沒找到滿意的房子。」

「妳的意思是……」伊凡開口問。

「我們找到一間很棒的房子，很大，很漂亮，」媽媽打斷他，「但是附近的學校不是很好。」

「噢，沒關係，我不一定要上學的。」伊凡開玩笑說。

他聽見爸爸好像在後面說了些什麼，媽媽便摀住話筒和他說話。

「你們什麼時候來接我？」伊凡好焦急。

過了一會兒，媽媽才回答：「嗯，這個問題嘛……」她終於開口，「我們可能要比原先計劃的多待幾天。你在那兒怎麼樣？還好吧！」

聽到他還得在凱薩琳這兒多待幾天的壞消息，伊凡好想尖叫，好想踢牆，但是他不想讓媽媽擔心。他告訴她一切都很好，而且還交了個新朋友。

爸爸接過電話，對他說了幾句鼓勵的話，「撐著點。」他在電話掛斷前對他這麼說。

我這不是在撐著嗎？他鬱卒的想。

但是聽到父母的聲音，卻讓他更想家了。

現在是第二天早晨了。他放下梳子，在衣櫃的鏡子前很快的檢查了一下儀容。他穿著牛仔短褲和紅色T恤。

他下了樓，快步通過廚房。凱薩琳看起來像是在裡頭跟莎拉貝爭辯什麼似的。伊凡跑出後門，然後小跑步到後面去牽崔格。

「嘿，崔格！」

但是崔格還在睡覺，牠側躺在狗欄中央，輕輕打著鼾。

「你不想去安蒂家嗎？」伊凡輕聲問崔格。

崔格動了一動，並沒有張開眼睛。

「好吧，那待會見了。」伊凡說完便檢查了崔格的碗，裡頭的水是滿的，於是就出門了。

他慢慢的走著，心裡想著遠在亞特蘭大的爸爸媽媽，下一條街才剛走到一半，突然有個男孩子的聲音叫他：「嘿……小子！」兩個男孩踏上人行道，堵在他的面前。

這句英文怎麼說

你不是這裡的住戶。
You're not a resident.

伊凡吃了一驚，看看這個男孩，又看看那個。他們是雙胞胎，一模一樣的雙胞胎，兩人都又高又壯，有著白金色的短髮、紅紅的圓臉。他們都穿著深色的T恤，前面印著重金屬樂團的名字，還有鬆垮的短褲和高筒球鞋，球鞋的帶子鬆脫了，腳上沒穿襪子。伊凡猜他們大概十四、五歲。

「你是誰？」其中一個凶巴巴的問伊凡，他瞇起淺灰色的眼睛，裝出一副凶狠的樣子。兩個人朝伊凡逼近，迫使伊凡往後退了一大步。

他們的身材是我的兩倍。伊凡一想心裡湧起了一股怯意。

他們只是在耍狠？還是眞的要找我麻煩？

「我……我到我姑婆家作客。」伊凡結結巴巴的說，並把兩手插進口袋裡，向後退了一步。

那對雙胞胎轉頭相視，獰笑了一下，其中一個說：「你不能走這條路！」他們就像一座山似的堵在伊凡面前。

「沒錯，因爲——你不是這裡的住戶。」另一個人又說。

「好高級的字眼。」伊凡打趣的說，但是說完他立刻就後悔了。

爲什麼你就不能閉上你的大嘴巴？他自問。他的眼睛往附近搜尋著，想知道如果這兩個人對他動粗，有沒有什麼人可以幫幫他。

但是他四顧無人，每戶住家的前門都關著，院子也都空蕩蕩的。街道的那頭，一個郵差正往另一個方向走去，但是距離太遠了，即使伊凡喊他，他也聽不見。

附近一個人也沒有，沒人能幫他。

而那兩個男孩繃緊著臉，面露凶光，向他靠了過來。

10.

「你想上哪兒去？」雙胞胎中的一個問伊凡。他緊握雙拳，朝伊凡一步步逼近，這時只跟伊凡隔了三、五公分的距離，逼得伊凡又往後退了幾步。

「去看朋友。」伊凡含糊的回答。也許這兩個傢伙只是在裝腔作勢。

「不准！」那男孩說完便朝他的兄弟咧嘴一笑。

這對雙胞胎不懷好意的竊笑著，一直往伊凡貼近，把伊凡逼得跨下人行道，退到馬路上。

「你不是這裡的住戶。」一個男孩又重複剛才的話。他瞇著眼睛，故意裝出很凶惡的樣子。

「放過我吧！」伊凡連忙閃到旁邊，想從馬路上繞過他們。但是這兩個人又

這句英文怎麼說

不准！
Not allowed!

迅速的擋在他前頭。

「除非你給我們買路錢。」其中一個說。

「是呀，」另一個趕緊附和：「你可以付非住戶的過路費，我們就給你這條街的暫時通行權。」

「我沒錢！」伊凡感到自己的恐懼一點點的升高。

他突然想起口袋裡還有八塊錢。他們會來搶我的錢嗎？他們會不會先打我一頓，然後再搶走我的錢？

「你得付買路錢，」其中一個斜眼瞅著他說，「那就讓我們看看你身上有什麼！」

他們衝向伊凡，想抓住他。

伊凡嚇得往後一閃，突然覺得自己雙腿發軟，重得抬不起來。

就在這時，一個聲音從人行道那頭響起：「喂，這是怎麼一回事？」

伊凡抬起頭，目光越過那兩個男孩，只見安蒂騎著腳踏車沿人行道奔馳過來。「伊凡……嗨！」她朝伊凡喊著。

這句英文怎麼說

我們正歡迎他搬來這兒。
We're welcoming him to the neighborhood.

雙胞胎從伊凡身旁退開，跟安蒂打招呼。其中一個有點嘲弄的說：「安蒂。」

另一個就模仿著他兄弟的口氣，問：「最近還好吧，安蒂。」

安蒂煞住車，兩腳跨站著。她今天穿著一件粉紅色短褲和黃色無袖上衣。因爲剛才使勁蹬著腳踏車，兩頰紅通通的，額頭上也冒著汗珠。

「你們兩個，」她不太高興的說：「瑞克和湯尼。」說著轉向伊凡，「他們找你麻煩嗎？」

「嗯……」伊凡支支吾吾的。

「我們正歡迎他搬來這兒。」那個叫瑞克的男孩說著朝他的兄弟笑了笑。

湯尼想要再說些什麼，但是安蒂打斷他的話，「那好，別招惹他。」

「妳是他媽媽呀？」湯尼偷笑。他轉向伊凡，對他做出嬰兒般咿咿呀呀的聲音。

「我們不會招惹他，」瑞克說完就朝安蒂一步步走去，「只要妳把腳踏車借給我們，我們就不去招惹他。」

「門兒都沒有！」安蒂忿忿的回答。

但是不等安蒂來得及反應，瑞克突然抓住了車把。

「放手！」安蒂大叫，用力的想把車子從瑞克的手中拉開。

瑞克死命抓著車把，而湯尼則重重推了安蒂一把。

安蒂失去平衡，碰一聲跌在地上，腳踏車應聲倒了下來，壓在安蒂身上。

「啊……」

安蒂的頭撞到人行道邊緣，她發出一聲低呼，四腳朝天的躺在路旁揮動著雙手，掙扎著想推開壓在身上的腳踏車。

還不等她爬起來，湯尼就立刻彎腰拉起腳踏車，牽著它跑了。湯尼跨上車座，用力踩著踏板。

「等等我！」瑞克一邊喊叫，一邊哈哈大笑的跑走了。

不到幾秒鐘，那對雙胞胎就和安蒂的腳踏車一起消失在街角了。

「安蒂……有沒有怎麼樣？」伊凡趕忙跑到安蒂身旁，「妳還好嗎！」

他抓住安蒂的手，把她拉了起來。她蹣跚的站起來，揉著後腦勺，「我眞痛恨這兩個討厭鬼！」她拍著短褲和腿上的灰塵及樹葉，邊說：「噢，痛死了！」

這句英文怎麼說

你的腳踏車要怎麼辦？
What about your bike?

「他們是誰？」伊凡問。

「貝默家的雙胞胎，」安蒂一臉厭惡的回答，「是兩個超級討厭鬼！」她尖酸刻薄的罵他們。安蒂查看自己的腿有沒有被腳踏車割傷，還好只是擦破皮。「他們自以爲很酷，其實是兩個不折不扣的討厭鬼！」

「妳的腳踏車要怎麼辦？我們要不要報警或做什麼？」

「不必了。」安蒂平靜下來，把深色的頭髮往後撥，「我會拿回來的。他們以前也做過這種事，等他們玩夠了就會隨便把腳踏車扔在別的地方。」

「可是我們要不要……」

「他們只是比較野蠻。」安蒂打斷他的話，「沒人管他們，他們跟祖母住在一起，可是她老是不在……他們有沒有找你麻煩？」

伊凡點點頭。「我還在想，是不是得出手教訓他們呢！」伊凡開玩笑的說。

安蒂沒有笑，「我倒是很想給他們點教訓，」她忿忿不平的，「只有一次也好，我要好好回敬他們！這附近的每一個小孩都被他們欺負過，他們以爲自己塊頭大、人多勢衆，就可以爲所欲爲。」

「妳的膝蓋破皮了！」伊凡指著安蒂的傷口。

「我最好回家把傷口弄乾淨。」安蒂說，並嫌惡的翻翻白眼，「回頭見啦！我今天下午得去一個地方，不過我們明天可以一起玩。」

安蒂往回家的路上走去，一路還不住揉著後腦勺。

伊凡緩緩踱著步子走回姑婆家，心裡想著貝默家的雙胞胎，幻想著自己單挑他們兩個，把他們打成肉泥，而安蒂在一旁爲他加油。

當伊凡進門時，凱薩琳正在打掃前廳，她並沒有抬起頭來，伊凡快步跑上樓，回到自己的房間。

現在我該做什麼呢？他在房裡來來回回的踱步，自己問自己。這時，那個裝著「魔血」的藍色罐子吸引了他的目光，他走到書架旁邊，拿起了那個罐子。

他打開罐蓋，罐子幾乎是全滿的。

我想崔格並沒有吃掉很多。他想，也覺得放心多了。

崔格！

他幾乎完全把牠拋在腦後了，這可憐的狗兒一定餓壞了。

這句英文怎麼說

你的膝蓋破皮了。
Your knee is cut.

伊凡放下那罐「魔血」，扶著樓梯欄杆，三步併作兩步衝下樓。他飛也似的衝向院子後邊的狗欄。

「崔格！喂，崔格！」他呼喚著崔格的名字。

伊凡才跑過半邊院子，就發現事情有點不對勁了。

崔格的雙眼凸了出來，嘴巴張得大大的，舌頭快速的左右搖擺，嘴裡的白沫流過下頷的毛，滴在地上。

「崔格！」

崔格粗聲喘著氣，每一次呼吸都艱難萬分。

伊凡意識到崔格快窒息了。

伊凡跑到狗欄邊時，崔格的眼睛已經向上翻起了，他「噗通」一聲跌坐在地上，只見崔格的肚子仍在上下起伏著，空氣中充滿了牠響亮又嚇人的喘氣聲。

11.

「崔格——不！」

伊凡跪坐在崔格身邊，伸出手拉扯牠的項圈，他發現項圈變得好緊好緊。

崔格的胸膛不住起伏，濃濃的白沫從張得大大的嘴裡流出來。

「撐著點，乖！撐著點！」

崔格狂亂的翻著白眼，牠似乎看不見伊凡，也聽不見他的叫聲。

「撐著點，崔格！撐著點！」

伊凡解不開項圈，它已經緊緊的陷在狗毛裡面了。

伊凡雙手顫抖，拚命的想把項圈從崔格的頭上扯下來。

「鬆開來，鬆開來，鬆開來！」他乞求著。

這句英文怎麼說

鬆開來！
Come loose!

成功了！

當伊凡終於把項圈拉掉時，崔格痛苦的低嚎了一聲。

「崔格，項圈拉掉了！你還好吧？」

儘管仍然氣喘吁吁，崔格立刻跳起身來，感激的舔著伊凡的臉，在伊凡臉頰上抹上厚厚一層的唾液，然後又低低吠著，彷彿知道伊凡救了牠的性命似的。

「好了，乖！好了，崔格！」他不斷的說，但是崔格還是一直感激的舔吻著他。

伊凡抱了抱激動的崔格。這次眞是太險了，萬一他剛才來遲一步……喔，他不敢再往下想了。

當崔格終於平靜下來後，伊凡拿起那個項圈仔細查看。「這項圈怎麼會縮成這樣呢？崔格。」

崔格走到籬笆旁邊，一個勁兒的喝著碗裡的水。

這可眞奇怪了，伊凡心想。這項圈不可能會縮小的，它是皮革做的，沒有道理會縮小。

那它怎麼會突然勒得崔格不能呼吸？

伊凡轉向崔格，研究著牠，看著牠貪婪的舔著水，重重的喘著氣。牠回過頭來看了伊凡一眼，然後又轉過頭去繼續埋頭喝水。

伊凡發現，牠變「大」了。

崔格的的確確是變大了。

但是，崔格已經十二歲了，相當於人類的八十四歲，比凱薩琳姑婆還老。

牠這把年紀，不可能再突然長大了吧！

一定是我眼花了，伊凡這麼認定。他把項圈扔在地下，心想，一定是這個鬼地方害我活見鬼！

凱薩琳站在廚房門口，喊伊凡去吃飯。伊凡給崔格倒了一碗狗食，朝牠說聲再見，然後就快步進屋。牠正專心喝著水，連頭也沒抬起來。

第二天早晨是個陰天，空氣中透著初秋的涼意，伊凡正往安蒂家走去，卻發現安蒂蹲在鄰居前院的一棵大楓樹下。

「怎麼啦？」伊凡問。

這句英文怎麼說

崔格已經十二歲了，相當於人類的八十四歲。
Trigger was twelve years old, eighty-four in human years.

他看見安蒂斜倚在什麼東西上頭，兩手忙個不停，「快來幫我！」她頭也不抬的喊著。

伊凡快步向前，「哇！」一隻小花貓被綁在樹幹上，安蒂正在努力解開牠，伊凡看了不由得喊出來。

小貓尖叫著，把爪子朝安蒂猛揮過來，安蒂一邊閃躲牠的爪子，一邊繼續解開繩子上的大死結。

「這是貝默兄弟做的，我知道！」她高聲說，音量壓過了貓的尖叫聲，「這隻可憐的貓可能在這兒被綁了一整夜。」

小貓驚恐之下，又尖叫了幾聲，聲音竟然出奇的像人類的叫聲。

「別亂動，貓咪！」伊凡看見那隻受驚的貓又用爪子去抓安蒂時，他問：「要我幫忙嗎？」

「不用了，我快解開了。」安蒂拉著那個繩結，「我恨不得把瑞克和湯尼也綁在這棵樹上。」

「可憐的貓。」伊凡輕聲說。

「好了！」安蒂欣喜的說，她把繩結鬆開了。

小貓發出最後一聲抗議的叫聲，尾巴筆直的豎起來，接著便狂奔而去，頭也不回的消失在一道高高的籬笆下面。

「真沒禮貌！」伊凡低聲咕噥。

安蒂站起身來，呼了一口氣。她穿著一條褪了色的牛仔褲，還有一件幾乎垂到膝蓋的淺綠色超大號T恤。她拉起T恤的下擺，檢視剛才被貓抓出來的一個破洞。

「這兩個討厭鬼什麼事都做得出來。」她搖著頭。

「也許我們應該打電話給警察，或是保護動物協會。」伊凡提議。

「他們不會承認的。」安蒂搖搖頭，悶悶不樂的說。接著她又加了一句：「而且那隻貓也算不上是個很好的目擊證人。」

說完，兩個人都笑了。

伊凡帶路，和安蒂兩人往姑婆家走去，一路上他們都在討論該怎樣給貝默兄弟一個教訓，但是兩個人都想不出什麼好辦法。

這句英文怎麼說

我喜歡活動活動腦子。
I like to keep my mind active.

回到家後，他們看見凱薩琳正在餐桌上專心的玩著拼圖遊戲。

當他們進屋時，凱薩琳抬起頭來，斜眼瞅著他們，「你們喜歡玩拼圖嗎？我喜歡活動活動腦子。爲什麼呢？因爲到了我這把年紀——一百一十二歲——腦袋就會變得不靈光了。」

她爲自己的幽默開心的拍著桌子。伊凡和安蒂都對她投以讚許的微笑，然後不等他們回答，凱薩琳便又低下頭繼續玩她的拼圖了。

「她眞的會把我搞瘋！」伊凡大聲說。

「伊凡……她會聽見的！」安蒂伸出一隻手摀住他的嘴阻止他。

「我跟妳說過，她完全聽不見，不但聽不到我說話，也不想聽見任何人說話，她痛恨每一個人。」

「我倒覺得她很親切！」安蒂不以爲然，「她爲什麼要在脖子上掛塊骨頭呀？」

「也許她覺得這樣很酷吧！」伊凡打趣著說。

「我們上樓去吧！」安蒂催促伊凡，把他推向樓梯，「我還是覺得當著你姑婆的面談論她很奇怪。」

「妳是個古怪的老傻瓜！」伊凡朝著凱薩琳說，臉上泛起笑容。

凱薩琳從拼圖堆裡抬起頭來，冷冷的朝他瞪了一眼。

「她聽見了！」安蒂驚恐萬分。

「別傻了！」伊凡往樓上走去，他差點踩到莎拉貝。

到了伊凡的房間裡，安蒂不安的走來走去，「你想做些什麼呢？」

「嗯……我們可以來讀這些偉大的書。」伊凡反諷的說，並指著牆上一排排塵封已久的舊書，「也許我們可以找到咒語來對付貝默兄弟，把他們變成蠑螈。」

「別提蠑螈了。」安蒂不感興趣的說：「嘿……魔血在哪兒？」伊凡還來不及回答前，她就在架子上發現了那個罐子。

他倆同時衝過去要搶那罐「魔血」，安蒂搶先一步，抓到了罐子。

「伊凡……你瞧，」她驚訝得張大了眼睛。「怎麼回事呀？」

她舉起罐子，那綠色的玩意居然頂開了蓋子，正從罐裡溢出來……

「怎麼回事？罐口是破了還是怎麼著？」伊凡問。

這句英文怎麼說

她驚訝得張大了眼睛。

Her eyes growing wide with surprise.

12.

他接過罐子來研究。的確，罐蓋被擠開了，那黏稠的綠色物質正從罐子裡冒出來。

伊凡撈起一把「魔血」。「真是奇怪，它在膨脹耶！」說著便用手捏捏它，「沒錯，它真的是在長大。」

「我想也是！」安蒂說道：「它從罐子裡滿了出來。」

「咦，它不涼了耶！」伊凡把那團「魔血」搓成球狀，丟給安蒂。

「真的變熱了！」安蒂說：「好奇怪喲！」

她想要把它扔還給伊凡，但是那團「魔血」卻黏在她的手掌上。

「它變黏了，」她對伊凡說：「你確定這是原來的東西嗎？」

「當然是。」伊凡回答。

「但是它本來不會黏手的，你記得嗎？」她說。

他又從罐子裡撈出一大團溫溫的「魔血」，「我猜大概是打開罐子以後變質了！」

他把那玩意捏成一個球，扔到地板上，「妳看——它黏在地板上，彈不起來了。」

「好奇怪喲！」安蒂反覆說著。

「也許我該把它扔掉，」伊凡把那團黏稠的東西從地板上刮起來，說道：「我是說，假如它不會彈了，那還有什麼好玩？」

「不要！」安蒂說：「我們得看看它接下來會變成怎樣。」

這時兩人聽到了一聲細細的貓叫聲，一起轉身朝向門口。

伊凡訝異的看見莎拉貝站在那兒，頭翹得高高的，黃色的眼睛盯著他瞧。

或者牠是在盯著他手裡的那團「魔血」？

「這隻貓看起來好聰明喲！」安蒂說。

這句英文怎麼說

我猜大概是打開罐子以後變質了。
I guess it just changes after the can has been opened.

「牠跟其他所有的貓一樣笨，」伊凡咕噥道：「妳瞧！牠也想玩魔血！」

「抱歉，貓咪，」安蒂說：「它彈不起來了。」

莎拉貝好像聽得懂似的，不高興的喵了一聲，便轉過身靜悄悄的走出房間。

「現在我該用什麼東西來裝這玩意兒呢？」伊凡問道：「這罐子已經裝不下了。」

「用這個怎麼樣？」安蒂從架子下層找到一個空咖啡罐。

「嗯，不錯！」伊凡把他手中那一大團「魔血」丟進咖啡罐裡。

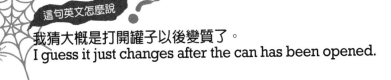

安蒂把她那團「魔血」壓成一片薄餅。「你瞧，它也不會像以前那樣發光了。」她把那片薄餅舉起來給伊凡看。「但是，它真的是挺溫的，幾乎可以說是熱的。」

「它是活的！」伊凡開玩笑的尖叫著：「趕快逃命吧！它是活的！」

安蒂大笑起來，開始追趕伊凡，並拿著那團綠色的薄餅作勢威脅他。「快來拿你的魔血！快來拿呀！」

伊凡閃了開來，從安蒂手裡搶過魔血，他把薄餅捏成一團，用手揉成球狀，然後扔進咖啡罐裡。

兩個人同時往罐子裡瞧，那綠色的物質填滿了罐子的一半還多一點。

「快，嘗嘗看是什麼味道。」安蒂催促道，把罐子舉到他的面前。「我打賭你不敢！」

「什麼？我才不幹！我雙倍賭妳不敢。」伊凡又把咖啡罐推回去給她。

「賭雙倍的人要先嘗！」安蒂咧著嘴笑，堅持著：「快點，嘗嘗看！」

伊凡搖搖頭，表現出噁心的表情，接著他抓起一大團「魔血」，往安蒂身上扔去。

安蒂大笑著，從地毯上撿起那團「魔血」，朝著他的臉扔回去。她扔得太高了，那團綠色的東西黏到牆上。

伊凡又挖出一團「魔血」。

這場髒兮兮、鬧哄哄的魔血大戰，直到晚餐時間才宣告結束。就在他們收拾房間時，兩個人同時聽見窗外傳來崔格的叫聲。牠正在狗欄裡大聲吠叫著。

伊凡搶先跑到窗口。天色還是那麼陰沉灰暗，崔格用兩隻後腿站立起來，倚

這句英文怎麼說

我打賭你不敢！
I dare you.

在木籬笆上沒命的狂吠。

「崔格！」伊凡喊：「安靜點！」

「哇，崔格是怎麼了？」安蒂問道：「你的狗還在發育嗎？牠看起來好大喲！」

伊凡張大了嘴，無聲的倒抽了一口氣，他發現安蒂說得沒錯。

崔格的身材足足大了將近一倍！

13.

「崔格，回來！回來啊！」

那頭大狗不停的向前跑，巨大的腳爪踩在水泥地上發出打雷般的響聲。

「回來！」伊凡大叫，他跨著大步拚命的追趕，想要追上那頭狂奔的狗兒。他的心臟咚咚咚直跳，每跑一步腿就疼得要命。

夜色黑暗，沒有星光，路面像是剛下過雨般幽幽的閃著冷光。

崔格的腳爪踏在人行道上，每一步都像是響亮的雷鳴，連綿不斷的回音彷彿永遠都不會停止。牠巨大的耳朵像翅膀般拍動著，又像是兩面在風中飄揚的三角旗，牠的大頭上上下下的起伏著，可是牠就是不肯回頭。

「崔格！崔格！」

這句英文怎麼說

夜色黑暗，沒有星光。
The night was dark and starless.

伊凡的叫聲被陣陣的狂風掩蓋住了，並刮回他臉上。他試著提高音量，但卻發不出半點聲音。

他知道自己必須阻止崔格，免得牠跑丟了。他必須抓住這條狗，然後找人幫忙。崔格長得太快了，完全失去控制了。牠已經長得像小馬一樣大，而且每一分鐘還在繼續長大。

「崔格！崔格！停下來，乖！」

崔格似乎聽不見他的叫聲。伊凡的聲音無法越過那呼嘯迴旋的風聲。

伊凡還是不斷跑著，心臟砰砰砰的跳個不停，他的每根肌肉都在隱隱作痛。跑著跑著，他突然發現前面也有人在奔跑。

伊凡看到兩個巨大的人影在前面全速狂奔，想要擺脫朝著他們衝來的大狗。伊凡認出他們了。

是貝默家的雙胞胎，瑞克和湯尼。

伊凡突然了解到，原來崔格是在追他們。

那兩個男孩轉過街角，跑上一條更加陰暗的街道。崔格緊追在後，不時朝他們撲過去。伊凡繼續跑著，在這場黑暗中的神祕賽跑遠遠殿後。

周遭一片寂靜——除了崔格巨大的腳爪踏在地上所發出的規律的雷鳴聲。

還有貝默兄弟的球鞋踏過路面所發出的啪嗒啪嗒聲。

還有死命在後頭追趕的伊凡沉重的喘息聲。

突然間，在伊凡驚恐的注視下，眼前的大狗用後腿站起來，仰頭發出了一聲足以刺穿耳膜的號叫。那不是狗兒的吠叫，而是野獸的怒吼。

接著，崔格的臉開始變形，牠的額頭向前突起、漲大，眼睛變得又大又圓，陷入突起的額頭底下。牠張開的大嘴冒出幾根獠牙，接著牠又朝天怒吼一聲，比前一聲還要響亮，還要令人發毛。

「牠是頭怪物！是頭怪物！」伊凡禁不住喊出聲……

伊凡猛然醒過來。

從他駭人的惡夢中驚醒過來。

然後他發現自己躺在床上，在凱薩琳家樓上的書房裡。

這只是一個夢，一個嚇人的、瘋狂追逐的惡夢。

一個無害的惡夢，但是，還是有什麼東西不大對勁。

是床鋪。這床很不舒服，太擠、太窄了。

伊凡驚坐起來，睡意全消。

他盯著自己巨大的雙腳，巨大的雙手，然後發現身體底下的床鋪居然變得那麼窄小。

他竟然變成一個巨人了！

他變得好大好大，就像怪物一樣！

當他發現自己變得多麼巨大時，他不禁張大嘴巴，放聲尖叫起來……

14.

他的尖叫聲把自己給驚醒了。

這次他是真的醒了。

他明白了，上次他醒來，是他夢見自己醒了，所以變成巨人也只是在做夢。

這是個夢中夢。

那麼他現在是真的醒了嗎？

他坐起身來，眨眨眼，又揉了揉眼睛，努力集中精神。

他發現自己全身被汗水浸透了。

毯子掉到地上。

他的睡衣濕漉漉的，黏在他冒著雞皮疙瘩的皮膚上。

這句英文怎麼說

他知道自己太睏了，沒辦法好好思考。
He realized he was too sleepy to think clearly.

周遭的一切似乎都不太熟悉。他花了一會兒功夫才甩開夢境，想起自己身在何處。這裡是凱薩琳家，是他的房間。他現在清醒了，體型也恢復了正常。

窗簾被風吹起，掃過他身邊，發出沙沙的聲音，然後又被捲出窗外。

伊凡走下床來，仍然感到渾身發顫。他往窗戶外頭看去。

幾片灰色的雲飄過暗淡的弦月，樹木在涼涼的夜風中搖曳低語。

只是一個夢。

一個嚇人的惡夢，一個夢裡的夢。

他看見崔格正沉沉的熟睡著，身體蜷縮成一團，靠在籬笆旁。

崔格不是怪物，但是牠確實是變大了。

也許牠身體有什麼毛病。當伊凡望著那隻酣睡的狗時，這個擾人的念頭闖進了他的腦海。

也許是內分泌或是哪方面有問題。

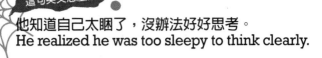

也許牠吃得太多了，或者是……

伊凡打了個哈欠，他知道自己太睏了，沒辦法好好思考，也許明天早上他該去鎮上看看有沒有獸醫。

他又打了個呵欠，回到被窩裡躺好，但是某樣東西吸引了他的視線。那個擺在書架上的咖啡罐，那個裝著「魔血」的咖啡罐。

「啊……」他出聲大叫。

那綠色的玩意兒正在冒著泡泡，顫動著從咖啡罐口滿溢出來。

15.

這句英文怎麼說

這很不尋常。
Highly unusual.

「以這個年紀來說，你的狗算是很健康的。」佛瑞斯特醫生輕輕搔著崔格的下巴，「瞧瞧這麼些白毛，」他把臉湊近狗兒，「你是頭好老狗，是不是？」

崔格感謝似的舔著醫生的手。

佛瑞斯特醫生露齒一笑，推了推鼻樑上的黑色鏡框，他光亮的額頭反射著天花板的燈光。醫生在白色醫師袍的前襟上擦了擦手。

伊凡和安蒂站在光線明亮的小辦公室裡，守在離崔格不遠的地方。當獸醫在替狗兒進行冗長的檢查時，他們兩個都十分緊張。但是現在，聽到醫生的診斷，他們的臉上都露出放鬆的表情。

「所以你認爲這只是遲來的快速發育？」伊凡重複醫生的診斷。

佛瑞斯特醫生點點頭，走回屋角的書桌。「這很不尋常。」他輕聲說，一邊倚在桌上，在一疊紙上寫著什麼。「非常不尋常，檢驗報告三、四天之後就會出來，那時我們就會有更多資料了。但是，我看這隻狗似乎相當健康，眞的不必太緊張。」

「但是可卡狗通常會長到這麼大嗎？」伊凡問，他彎下腰來搔搔崔格的下巴，把狗鍊鬆鬆的捲在手上。

崔格想出去了，牠拖著伊凡往門口走去。伊凡站起身來，用力拉著狗鍊，好讓牠待在原處。伊凡使盡全力才能把牠拉住，崔格不僅長大了，也比幾天前強壯了許多。

「不，通常不會。」那獸醫回答道：「這就是我爲什麼要給牠做荷爾蒙檢測，還採了血液和腺體的樣本，也許檢驗室會給我們一個答案。」

他書寫完畢，把那張紙撕了下來，遞給伊凡。「這是一種不錯的狗食，可以餵崔格吃，留意正餐之間讓牠少吃零食。」最後這句話是用開玩笑的口吻，他自顧自的咯咯笑了起來。

伊凡向醫生道謝，便任由崔格把他拉出了辦公室。安蒂小跑步跟在他們後面。在外面的候診室裡，一隻嬌小的吉娃娃看見崔格龐大的身形，連忙低吠幾聲，縮到沙發後面去。

「眞高興離開了醫院。」他們踏上人行道時，伊凡朝安蒂說。

「崔格的狀況很不錯呀，」安蒂打氣的說，拍拍崔格的頭。「你看，牠的頭比我的手掌還寬耶！」

「牠幾乎跟頭牧羊犬一樣大了！」伊凡愁眉苦臉的，「可是佛瑞斯特醫生卻說牠一切正常。」

「別誇張了！」安蒂責備的說。她看看手錶，叫著：「啊，不！我的鋼琴課又要遲到了！我媽會殺了我的！」

她揮手向伊凡道別，轉過身沿著人行道跑去，恰巧一對老夫婦正緩緩的從街角的一家小雜貨店走出來，幾乎和安蒂撞個正著。

「我們走吧，崔格！」伊凡心裡想著佛瑞斯特醫生的話。他拉著崔格，往只有三條街遠的小鎮外走去。雖然獸醫要他放心，但他還是很擔心崔格。

這句英文怎麼說

牠的頭比我的手掌還寬耶！
His head is wider than my hand!

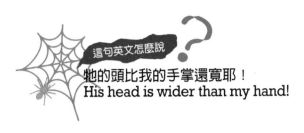

他在雜貨店門口停了下來。「也許來杯霜淇淋會讓我開心一點。」他把崔格的狗鍊繫在雜貨店外的紅色消防栓上。

「待在這兒！」他吩咐狗兒。

崔格不理伊凡的命令，拚命想掙脫開來。

「我馬上就回來。」伊凡說完快步往店裡走去。

這時店裡已經有三、四個人，伊凡耽擱了比預期的時間久一點。當他在十分鐘後回到人行道時，他發現貝默兄弟正忙著解開崔格。

「喂，放手！」他生氣的喊。

他們兩個回過頭來，滿是橫肉的臉上掛著一模一樣的獰笑，「你看我們發現了什麼。」其中一個挑釁的說，另一個則成功的解開了繫在消防栓上的狗鍊。

「給我！」伊凡大吼，一隻手握著霜淇淋，另一隻手就往狗鍊的把手抓去。

貝默兄弟將狗鍊的把手朝伊凡伸過去，然後又猛然抽回。「騙到你了！」

兩兄弟開心的大笑，還互相擊掌。

「別再鬧了！」伊凡再說了一次，「把狗鍊還我。」

這句英文怎麼說

我馬上就回來。
I'll only be a second.

「誰發現就是誰的，」其中一人說：「你說是不是，湯尼？」

「沒錯，」湯尼獰笑著，說：「這條狗好醜！不過牠現在是我們的醜狗了。」

「你自己再去弄一條狗吧，沒用的傢伙！」瑞克惡毒的說。他向前一步，把霜淇淋從伊凡的手中打落。霜淇淋「啪噠」一聲，掉在人行道上。

兩兄弟哈哈大笑，崔格突然發出一聲警告似的低吼，把他們的笑聲給打斷了。崔格咧開大嘴，露出尖牙，低沉的吼叫變成了咆哮。

「啊……」瑞克趕緊丟下狗鍊。

崔格發出一聲響亮的怒吼，抬起前腳往瑞克撲了過去，逼得瑞克踉踉蹌蹌的退到街角。

湯尼早就腳底抹油，溜之大吉了。他的球鞋砰然有聲的落在人行道上，飛快的跑過獸醫診所，跑過郵局，一步也不敢停留。

「等等！喂，湯尼……等等我！」瑞克跌了一跤，又連忙爬起，緊跟在他兄弟後頭跑了。

伊凡往崔格的狗鍊抓去，但是沒有抓到。

「崔格……哇！停下來！」

崔格也跑了起來，跟在那對落荒而逃的兄弟後面，憤怒的吠叫著。牠巨大的腳爪重重的落在人行道上，眼看就要追上他們，崔格更是加快了腳步。

不，伊凡心想，他發現自己呆站在雜貨店前面的街角上。

不！不！不！

這不可能發生！

這是我的夢。

夢境成眞了嗎？

伊凡打了個冷顫，想起夢裡的情節，記起自己也變成了巨人，足足有原來的兩倍大！

那部分的夢境也會成眞嗎？

這句英文怎麼說

我現在沒心情跟你開玩笑。
I'm not in the mood to kid around.

16.

那天下午，晚飯前大約一小時左右，伊凡打電話給安蒂。

「我可以去妳家嗎？我有點小麻煩。」

「聽起來倒像是個大麻煩。」安蒂說。

「嗯，好吧！就算是個大麻煩。」伊凡急躁的打斷她，「我現在沒心情跟妳開玩笑，好不好？」

「好吧！抱歉。」安蒂爽快的回答。「你碰到瑞克和湯尼了嗎？他們是你的麻煩嗎？是不是？」

「暫時不是。」他對安蒂說：「我跟妳說過，我一追上崔格他們就跑走了，不見了，消失了。崔格還是拚命叫個不停，我總算把牠拖回家來，牽到狗欄裡去

了。」

「那你到底有什麼麻煩？」安蒂問。

「我沒法告訴妳，我得讓妳自己看。」他說：「我馬上過去，再見。」

他掛上電話，提著一個水桶匆匆下樓。凱薩琳在廚房裡，背對著他，正握著一把大菜刀砍著什麼東西。伊凡快步走過廚房，衝出門去。

安蒂的家是一棟牧場風格的新式紅木屋，屋前圍著一排綠樹編成的矮籬。她說她爸爸對草皮特別講究，修剪得整整齊齊的，距離地面恰恰四公分高，像地毯一樣平整。屋子前面有一個花圃，裡頭種著橘色和黃色的萱草，修長的花朵正迎著微風搖曳著。

大門是開著的，伊凡在紗門上敲了敲。

「水桶裡裝的是什麼？」這就是安蒂的問候語了，她示意他進屋。

「妳看！」伊凡上氣不接下氣的說。他一路跑到安蒂家，到現在還在喘氣。

他提起那個他從凱薩琳的車庫中找到的鋁製水桶。

「噢，哇！」安蒂叫了出來。她睜大了眼睛，舉起雙手摀住臉。

這句英文怎麼說

把它放到那邊去，它讓我心裡發毛。
Put it over there. It's giving me the creeps.

「耶，哇！」他學著她的腔調，也喊了一聲。「是魔血，它又長大了！妳瞧，它幾乎把這個大桶子都塞滿了！我們該怎麼辦呢？」

「你說『我們』是什麼意思？」安蒂揶揄的說，並領著他走進房間。

「這不好笑。」他低聲抱怨。

「你當初又不肯分我玩。」她還是不鬆口。

「我現在願意分給妳了，」他急切的說：「事實上……你想要嗎？我可以給你個大折扣……免費。」他把水桶朝她遞過去。

「哈、哈！」安蒂搖著頭，雙手抱在胸前。「把它放下，好嗎？」她指指紅色皮沙發後面的角落。「把它放到那邊去，它讓我心裡發毛。」

「讓妳發毛？」伊凡喊道：「那我怎麼辦？每回我一轉身，它就又長了一些，它長得比崔格還快！」

「啊！」兩人同時喊出聲來。

他們兩個人都想到了同樣的事，記起了同一件可怕的事情。他們突然同時想起崔格吞下綠球的那一幕。

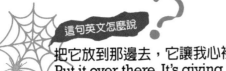

「妳是說……」伊凡開口。

「也許……」安蒂不等他說完，便回答：「也許崔格是因爲吃了『魔血』才長得這麼大的。」

「那我該怎麼辦呢？」伊凡哀號著，他把手插進口袋，在屋子裡緊張的走來走去。

「這玩意越長越大，可憐的崔格也一樣。我一個人在這個地方，沒人可以幫我。一個也沒有。」

「那你姑婆呢？」安蒂盯著擱在角落的水桶，提議著：「也許凱薩琳會有辦法……」

「別開玩笑了！她根本聽不見我說話，也不想聽見我說話。她討厭我，整天只會坐在那兒玩拼圖，還有跟那頭可怕的黑貓吵架。」

「好好好，不提你姑婆。」安蒂的臉上露出洩氣的表情。

「也許你可以告訴佛瑞斯特醫生……」

「噢，是呀，當然。」伊凡打斷她，「他一定會相信崔格變得這麼大，是因

這句英文怎麼說

這玩意越長越大。
The stuff is getting bigger and bigger.

爲我讓牠吃了魔血的緣故。」

他一屁股坐在沙發上。「我一個人孤伶伶的在這兒，安蒂。沒有人可以幫我，甚至沒有人可以跟我談這件事。」

「除了我以外？」

「是的，」他的眼睛緊緊的盯著安蒂，「除了妳以外。」

安蒂「咚」一聲坐在沙發的另一頭。「那，我能做些什麼呢？」她遲疑的問。

他跳起身來，把桶子提了過來。「妳拿一些去，我們分了它。」

「什麼？爲什麼不直接把它扔進垃圾箱？」她問伊凡，並低頭瞧那桶子，裡頭綠色的黏液已經快要滿到桶邊了。

「扔了它？不行的啦！」他說。

「當然可以，來，我帶你去。」她伸手去握水桶的把手，但是他把桶子給推開了。

「它要是從垃圾箱裡滿出來怎麼辦？」他問道：「要是它還是一直長個不停呢？」

安蒂聳聳肩說：「我也不知道！」

「而且，我也得留著它。」伊凡激動的繼續說：「要是崔格眞的是吃了它才長大的，我得留著它當證據，到時可以拿給醫生看或做點什麼。這樣他們才能治好崔格。」

「也許我們應該通知警察。」安蒂拉著一綹頭髮若有所思的說。

「噢，當然。」伊凡翻著白眼，「他們當然會相信我們，這是一定的。『我們在玩具店裡買了這玩意兒，警官，然後它就越長越大，還把我的狗也變成了巨大的怪物。』」

「好，好，你說得對。」安蒂說道：「我們不能告訴警察。」

「那，妳是要幫我囉？」伊凡追問安蒂：「妳要幫我分一些？」

「我想是吧。」她不情不願的說：「不過只分一點點！」她慢吞吞的站起身來，小心翼翼的繞過那個桶子。「我馬上回來。」

她出了房間，很快的又跑回來，手上帶著一個空咖啡罐。「把它裝滿吧！」她面帶微笑的朝伊凡說。

這句英文怎麼說

也許我們應該通知警察。
Maybe we should call the police.

伊凡瞪著那個咖啡罐，「妳就裝這麼一點點呀？」他埋怨的說，接著，又立刻軟化下來：「好，好……這總算也有幫忙。」

安蒂蹲下身子，把咖啡罐浸到桶子中央。「啊！」她叫了出來，雙手往上一揮，跌坐在地板上。

「怎麼了？」伊凡快步跑到她身邊。

「它在拉扯那個罐子，」安蒂的臉孔因爲恐懼和驚訝而繃得緊緊的，「它想把它吸進去。你看！」

伊凡往桶子裡瞧，咖啡罐已經完全沉進去了。「啊？」

「我可以感覺到它在拉扯……」安蒂顫抖著。然後又蹲回桶子旁邊。

「我來試試。」伊凡說著把兩隻手都伸進「魔血」裡。

「噁！」安蒂說：「眞夠噁心！」

「它是在拉扯，妳說的沒錯。」伊凡說道：「我覺得它好像在把我的手往下拉。哇！它好熱喲，就像是活的似的！」

「不要說了！」安蒂打了個冷顫說，「把罐子撈出來就是了。」

伊凡使勁的拉，終於把咖啡罐給拉了出來，裡頭滿滿的都是顫動不已的綠色黏液。「好噁！」

「你確定我得留下這玩意嗎？」安蒂問伊凡，雖然伊凡把罐子遞給她，她還是不肯伸手去接。

「就一陣子……」他說：「直到我們想到更好的辦法。」

「或許我們可以拿去給貝默雙胞胎吃。」安蒂提議，她終於把罐子接了過來。

「那麼我們就會有超大號的貝默雙胞胎了！」伊凡開玩笑的說：「不，謝了。」

「說眞的，你最好當心他們兩個。」安蒂警告說：「如果今天早上崔格把他們嚇跑了，他們一定會找機會向你報仇的。他們眞的以爲自己是狠角色，什麼事情都做得出來，他們可能眞的會傷害你。」

「謝謝妳讓我開心起來。」伊凡鬱卒的說，一邊把黏在手上的小塊「魔血」剝下來，丟回桶子裡。

「你來之前我正在看錄影帶，是第一集的《法櫃奇兵》，你要一起看嗎？」

這句英文怎麼說

你來之前我正在看錄影帶。
I was watching a video before you came over.

伊凡搖搖頭，「不了，我最好回去了。我出門的時候凱薩琳姑婆正在忙著做晚飯，好像在剁著什麼肉。唉，又是一頓美好的晚餐——一句話不說的坐在那兒，和凱薩琳姑婆和她的貓大眼瞪小眼。」

「可憐的伊凡。」安蒂半是取笑、半是同情。

他提起水桶，現在只剩三分之二滿了。安蒂送他到大門口，說：「待會打電話給我，知道嗎？」

他點點頭，走出大門。她在他身後關上了門。

他還沒走上人行道，貝默雙胞胎就從籬笆後面溜了出來，兩雙粗壯的手握成了拳頭，捏得紅通通的。

17.

貝默兄弟從樹籬的陰影中走了出來，他們短短的金髮映著夕陽的光芒，兩個人都不懷好意的笑著。

伊凡僵直的站在原地，瞧瞧這個，又瞧瞧那個。

沒有人說半句話。

其中一個雙胞胎搶過伊凡手中的水桶，把它扔在地上。水桶砰的一聲重重落在地上，濃稠的綠色黏液流到草地上，發出令人做噁的吸吮聲。

「啊……」伊凡的叫聲打破了緊繃的寂靜。

他沒有機會再多說一句話。

雙胞胎中的一個重重一拳打在他的肚子上。

這句英文怎麼說

他們走了嗎？
Are they gone?

伊凡感到疼痛擴散到全身，這一拳打得他無法呼吸，他拚命張大了嘴，想要吸進空氣。

他沒能看見第二拳擊來，拳頭就重重的落在他右眼下方的臉頰上。

他痛苦的哀號，雙手在空氣中無助的揮舞。

現在兩兄弟一起上來揍他，其中一個還在他肩膀上重重推了一把，推得他四腳朝天跌在又濕又涼的草地上。

痛楚竄遍了全身，像毯子一般覆蓋著他，接下來是一陣暈眩噁心的感覺。

他閉上眼睛，粗聲喘著氣，等待腹部的劇痛逐漸消退。

地面似乎在傾斜，他伸出手來抓著草地，抓得緊緊的，深怕自己摔了下去。

等他終於能夠勉強抬起頭時，只見安蒂站在他的上方，緊張得睜大了雙眼。

「伊凡……」

他呻吟了一聲，想用兩隻手撐著身體，坐起身來。但是那暈眩的感覺還在，那旋轉著、傾斜著的草地迫使他又躺回地上。

「他們走了嗎？」他閉上眼睛問，希望暈眩趕快消失。

「瑞克和湯尼？我看見他們跑走了。」安蒂跪在他身旁，「你還好嗎？要不要我叫媽媽來？」

他張開眼睛，「嗯，不……我不知道。」

「到底發生了什麼事？」她追問。

他舉起一隻手，摸摸臉頰。「哇！」臉頰已經腫起來了，摸上去好痛！

「他們揍你了？」

「要不是這樣，就是我被卡車撞成了這副德性。」他呻吟著。

幾分鐘後——感覺起來像是好幾個小時，他終於站了起來，呼吸恢復了正常，並揉著腫脹的臉頰。

「我從來沒有打過架。」他搖著頭對安蒂說：「從來沒有。」

「看起來好像不太像是打架。」儘管這麼說，安蒂的臉上還是充滿擔心。

他張口想笑，但是卻扯得他肚子發疼。

「我們要找他們算帳，」安蒂恨恨的說：「我們要想個法子找他們算帳。兩個討厭的傢伙。」

這句英文怎麼說

我從來沒有打過架。
I've never been in fight before.

「啊，妳看！魔血！」伊凡快步跑過去。

水桶歪在一邊，裡頭的綠色黏液流到草地上，漫成厚厚的一大灘。

「我幫你把它弄回桶子裡，」安蒂說著傾身過去把桶子扶正。「希望它不會把草弄死。如果我爸爸看見他的寶貝草皮給毀了，一定會大發雷霆的！」

「好黏喲！」伊凡呻吟著，他試圖把那團東西弄回桶子裡。「根本挖不動。」

「我們一點一點的把它抓回去吧！」安蒂提議。

「哇！很難分開耶！」伊凡驚訝的說：「妳看，黏在一起了。」

「就像太妃糖一樣。」安蒂說：「你看過人家用機器做太妃糖嗎？那玩意兒也是像這樣黏成一大團。」

「這才不是什麼太妃糖，」伊凡嘟囔著：「好噁喲！」兩個人一起動手，總算把這一整團綠色的東西給剝了起來，丟到桶子裡。

當這玩意落進桶子的時候，還發出一聲噁心的吸吮聲，而且伊凡和安蒂都沒辦法把手從裡頭拔出來。

「好黏喲！」安蒂說，臉上的表情滿是厭惡。

「也很熱。」伊凡好不容易才把手給拔了出來。「好像它想吞下我的手似的！」

他在T恤上擦著手。「它想把我的手給吸進去。」

「拿回家去。」安蒂說。她抬頭往屋子望去，剛好看見媽媽正從屋前的窗口向她招手。「喔！晚飯時間到了，我得走了。」她的目光停留在他腫脹的臉頰上，「你姑婆看見了不知道會說什麼。」

「她可能根本不會注意到。」伊凡悶悶不樂的。他提起水桶問：「我們該怎麼處理這玩意兒？」

「我們明天就把它送回玩具店。」安蒂回答，她一邊踏著大步，穿過草地往屋裡走。

「什麼？」

「就這麼辦，我們把它退回去。」

伊凡不覺得這是個多棒的主意，但是他現在也沒有力氣爭辯這些了。他看著安蒂消失在屋子裡，便慢慢往凱薩琳姑婆家走。他的頭又脹又痛，肚子也疼得要命。

這句英文怎麼說

我並沒有去招惹他們。
I wasn't exactly picking on them.

他沿著屋子的牆邊慢慢走著，從側門溜進車庫，去把那桶魔血藏起來。就在他把那桶魔血塞到一臺翻倒的手推車後面時，他發現桶子已經滿到頂了。

但是我才給了安蒂一大罐呀，他記得那時桶子只有三分之二滿。

我得找個更大的東西來裝，他暗自決定。今天晚上去找！也許地下室會有箱子或其他可以用的東西。

他悄悄溜進屋裡，決定在見到凱薩琳之前先把自己清理乾淨。他看見她還在廚房忙著，俯身在爐子上方，調理著即將煮好的晚餐。他踮起腳尖爬上樓，梳洗一下。但是對又紅又腫的臉頰他完全無能爲力，只好換上一條乾淨的寬鬆短褲，還有一件剛洗過的T恤，再仔細的梳整頭髮。

他們坐下用餐時，凱薩琳的眼光落在伊凡腫脹的臉頰上。「你跟人打架了？」她問伊凡，用懷疑的眼光斜瞅著他，「你有點逞強鬥狠，是不是？就像你爸爸一樣！以前小雞仔總是會惹上麻煩，總是會去招惹塊頭比他大上兩倍的男孩。」

「我並沒有去招惹他們。」伊凡低聲咕噥，從盤子裡叉起一塊燉牛肉。

凱薩琳整頓晚飯都盯著他腫脹的臉頰，但是並沒有再說半句話。

她根本不關心我有沒有受傷，伊凡難過的想。

她眞的毫不關心。

她連我疼不疼都不問一聲……

但是從某方面來看，他還挺感激她的，他不需要她替他煩心，爲了他跟人打架而大驚小怪，或許還會打電話通知他在亞特蘭大的父母。

嗯……對了！她不能打電話給他父母，她沒辦法講電話，因爲她聽不見。

伊凡呑下了一大盤燉牛肉。還滿好吃的，除了蔬菜之外。

餐桌上靜得讓人難以忍受。他開始想著他的問題——那桶「魔血」。

他該告訴凱薩琳嗎？

他可以把前因後果寫在紙上給她看；如果能夠告訴某個人，有個大人可以幫他處理這個問題，那該有多好。

但是那一定不會是凱薩琳姑婆，他斷定。

她太古怪了。

她不會了解的。

這句英文怎麼說

他必須先找個東西來裝它。
He had to find something to keep it in.

她不會知道該怎麼辦。

而且她根本不會關心。

安蒂說得對，他們得把那玩意拿回玩具店，把它退回去，反正把它解決掉就是了。

但是在此同時，他必須先找個東西來裝它。

伊凡在自己的房間裡等著，等到十點多，他聽見凱薩琳上了床，然後他便躡手躡腳的溜下樓，往車庫走去。

18.

那是一個涼爽晴朗的夜晚，蟋蟀不絕於耳的叫聲像簾幕般覆蓋著大地，黑漆漆的夜空中閃著幾點微弱的星光。

手電筒射出的圓形光束照在車道上，引領伊凡走向黑暗的車庫。當他進入車庫時，某個東西突然掠過後牆的地板上。

也許只是一片枯葉，被開門時透進的風給吹了起來。伊凡安慰自己。

手電筒搖搖晃晃的移動著，朝那個翻轉過來的手推車照過去。當伊凡彎下身子，伸手到推車後面把那桶「魔血」拉出來時，手電筒的光束掃過了車庫的天花板。

他把光束對準桶子裡頭，忍不住倒抽了一口氣。

這句英文怎麼說

一隻手提那桶子實在太重了。

The bucket was too heavy to carry with one hand.

那綠色的黏液正顫動著從桶子上流溢出來。

它比之前長得快多了！他心想。

我得找個大一點的東西把它藏起來——就放今天一晚了。

一隻手提那桶子實在太重了。伊凡把手電筒夾在腋下，雙手抓起水桶的把手，把它從地板上提了起來。

伊凡一邊努力不要讓「魔血」潑濺出來，一邊往黑暗的屋子走去。他在通往地下室臺階的門口停了下來，悄悄的把沉重的桶子放在地上。

按下牆上的電燈開關，地下室某處亮起了一盞暗淡的燈光，在水泥地板上灑下一片昏黃的光芒。

這裡一定可以找到什麼東西來把它裝起來，伊凡心想。他提起水桶，慢慢往前移動，把肩膀靠在牆上穩住自己的腳步，小心翼翼的走下又陡又暗的樓梯。

等到眼睛適應了微弱的光線後，伊凡看清楚這個地下室是一個很大的房間，天花板很低，而且很潮濕。屋裡堆滿了紙箱，一疊疊的報紙和雜誌，還有一些老舊的傢俱和家用器具，用髒污發黃的被單罩著。

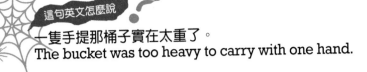

一離開樓梯，突然，有什麼東西從伊凡的臉上擦過。

伊凡發出一聲無聲的呼喊，放下水桶，舉起手來揮開似乎朝著他飄來的厚厚的蜘蛛網。

他慌亂的扯著蜘蛛網，有些蜘蛛絲黏在他的皮膚上，又乾又癢。

他突然發現，在他臉上動來動去的並不是蜘蛛網。

而是一隻蜘蛛。

他深吸了一口氣，把蜘蛛從臉上掃掉。但即使看見那蟲子橫過地板快步跑走了，伊凡仍然覺得牠那毛茸茸的腳爪還在他臉上遊動。

「怦怦怦怦……」伊凡的心臟噗通噗通的亂跳，他趕緊離開那道牆。當目光搜尋著另一道牆上那幾排藏在陰影中的空木架時，突然，他被地板上的某樣東西給絆倒了。

「噢！」他一頭栽在地上，連忙伸出雙手撐住。

那是一個人！

有個人躺在他的下面！

這句英文怎麼說

有個人躺在他的下面！
Someone lying there under him!

不！

冷靜，伊凡，冷靜下來！他命令自己。

伊凡搖搖晃晃的站起身來。

原來是地上的一個裁縫用假人把他給絆倒的，也許是凱薩琳年輕的時候用的模型。

他把假人挪到一旁，眼睛搜尋著陰暗的地下室，想要尋找一個容器來裝「魔血」。工作檯前面那個長長的、低矮的東西是什麼？

走近一些，伊凡才看清楚那是一個舊浴缸，裡面已經滿是污漬，表面也都剝落了。這玩意夠大，他想，然後立刻決定要把那堆綠色的黏液放在裡面。

伊凡邊把水桶提到舊浴缸邊上，一邊用力哼出聲。腹部的肌肉仍然因爲下午那一拳而痠痛不已，而那疼痛現在擴散到全身。

等疼痛消退後，伊凡把水桶歪向一邊，那濃稠的綠色黏液從水桶中湧了出來，落入浴缸的底部，輕輕的發出「啪搭啪搭」黏稠噁心的聲音。

伊凡把桶子放在一旁，低頭注視著「魔血」，看著它慢慢流溢開來，在浴缸底部鋪了厚厚的一層。令他驚訝的是，浴缸裡的「魔血」看起來居然接近半滿了。

它到底長得有多快？

他斜倚在浴缸上，正要起身上樓，正好聽見一聲尖銳的貓叫。

他吃了一驚，鬆開握著浴缸邊緣的手，這時莎拉貝正好撲在他的背上。伊凡還沒來得及開口叫喊，便往前一跌，翻過浴缸邊緣，摔進那缸厚厚的綠色黏液之中。

這句英文怎麼說

我快要窒息了。

I'm going to suffocate.

19.

伊凡的手肘重重的撞在浴缸底下，但是那層厚厚的「魔血」墊在下頭，緩和了跌倒的速度。他聽見貓又尖叫一聲後便輕輕的溜走了。

他沉入黏液中，揮舞著手腳，想從浴缸裡掙扎出來，但是那團黏糊糊的東西卻用令人意想不到的力量拉住他，把他給吸了下去。

他的整個身體似乎都被「魔血」給箝制住，就像卡在水泥裡一樣。而現在那團黏液更顫動著往上升起，無聲無息的冒著氣泡，漫到他的臉上。

我快要窒息了，他心想。

它想悶死我！

那黏液的溫度蔓延到他全身，侵襲著他的胸部、他的腿、還有他的喉嚨。

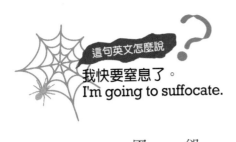

我快要窒息了。

我不能動了。

我被困住了。

它想悶死我！

不！

那綠色的黏液開始爬上他的臉，他連忙把頭往上伸。

接著他掙扎著扭動身體，在黏液裡來回扭著。他費盡了力氣，大聲的喘著氣，張開嘴發出嘶啞的叫喊，終於讓自己坐了起來。

那綠色的黏液漫得更高了，好像在往上伸出手來，要把他重新拉進去。

伊凡兩隻手抓住浴缸的邊緣，握得緊緊的，拚命使勁讓自己站起來。起來，從那團黏著他、拉著他的黏液中站起來，從那股源源不絕、似乎要把他拖回浴缸的詭異力量中掙脫出來。

起來！起來！

「不！」當那溫熱的綠色黏液漫過他的肩膀時，他掙扎著尖叫出聲。

這句英文怎麼說

我被困住了.
I'm stuck.

「不！」

那黏液現在箝著他的肩膀，圍住他的脖子，往下吸吮著，想把他拉回黏稠的深淵中。

下來！下來！

它逮住我了，伊凡明白。

它逮住我了。

20.

「不！」當那綠色的黏液冒著氣泡淹到伊凡的脖子時，他不禁尖叫出聲。

那黏液拉著他，拉著他往下扯。

「不！」

再試一次。起來！

再試一次吧。

起來！起來！

行了！

伊凡抓著浴缸的兩旁，使勁往上移動，他凝聚了全身的力氣，把自己拉提起來。

這句英文怎麼說

再試一次。
Try again.

行了！行了！我擊敗它了！

伊凡的力量強過「魔血」，只要再一下他就能成功了。

他如釋重負的呼出一口氣，翻過浴缸的邊緣，摔在地下室冰涼的地板上。

他躺在那兒，靠在潮濕的水泥地上，等待呼吸回復正常。

他朝上望去，只見莎拉貝站在不遠的地方，頭歪向一邊，黃色的眼睛盯著他，黑色的貓臉上有種極度滿足的表情。

經過一夜斷斷續續、翻來覆去的睡眠，第二天早晨，伊凡帶著一枝筆和那疊黃格紙來到早餐桌上。

「哎呀呀，」凱薩琳招呼著他，把一碗碎麥穀片放到他的面前，「你看起來眞像是被貓給拖進來的！」她笑著搖搖頭。

「別對我提起貓！」伊凡低聲抱怨。他把那碗穀片推到一邊，指指他手中的黃格紙。

「別讓你的穀片泡軟了，」凱薩琳責備著他，伸出手來把碗推回去給他，「這樣你才能吃到更多的維他命，這是一種很好的粗食。」

「我才不關心妳那愚蠢的粗食呢！」伊凡知道她聽不見，悶悶不樂的說。他又指指那疊黃格紙，然後開始寫字，快速的在紙上畫著又粗又大的字母。

凱薩琳對伊凡的舉動產生興趣。她繞過桌邊，站在他身後，眼睛盯著那疊紙，看著他急切的寫下求救的訊息。

「我有麻煩了，」他寫道：「我需要妳的幫忙，地下室的浴缸裡裝滿了綠色的『魔血』，正在滿出來，而我無法阻止它。」

他放下筆，把紙舉到她的面前。

穿著灰色法蘭絨浴袍的凱薩琳斜靠過來，坐在椅子上的伊凡抬頭往上瞧，看見她蒼白的臉孔沐浴在晨光中，突然間覺得她好老。只有她的眼睛，那雙快速掃過他的字的明亮藍眼，仍然顯得年輕而有生氣。

當她讀著他寫的訊息時，她的嘴唇專注的緊抿著。然後，在伊凡急切的注視下，她的嘴巴突然咧開，形成一個大大的微笑，她把頭往後一仰，放聲大笑起來。

伊凡完全被她的反應給弄糊塗了，把椅子向後一推，跳了起來。她用手按著

這句英文怎麼說

我有麻煩了，我需要你的幫忙。
I have a problem , I need your help.

他的肩膀，開玩笑似的推了他一下。

「別跟老女人開玩笑了！」她高喊，一邊搖了搖頭。她轉過身來，往餐桌那頭走回去。「我以爲你很嚴肅。我猜你一點也不像你爸爸，他從來不會開些無聊的玩笑或是耍把戲，小雞仔一直是個很嚴肅的孩子。」

「我才不關心什麼小雞仔！」伊凡失去了控制，大呼小叫起來，並憤怒的把紙扔在餐桌上。

他的姑婆迸出一陣大笑，她似乎沒有注意到滿心挫敗的伊凡正怒目瞪視著她，雙手緊緊的握成拳頭。

「『魔血』！眞有想像力！」她用手指擦掉笑出來的眼淚。接著，突然間，她的表情變得很嚴肅，她捏住他的耳垂，緊緊擰著，「我警告過你，」她在他耳邊低聲說：「我警告過你要小心。」

「哇！」他疼得哇哇大叫，她放開他的耳朵，眼睛像藍寶石般閃閃發光。

我得離開這兒，伊凡揉著耳垂想。他轉身大步跑出廚房，上樓回到他的房間。

我就知道她不會幫上半點忙。他覺得好苦悶。

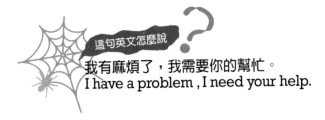

她只是個發神經的老太婆。

我應該把她拖到地下室，讓她瞧瞧那噁心的玩意。他一邊想著，一邊氣憤的把昨天穿過的衣服扔在地板上。

但是又有什麼用呢？她說不定又只是大笑一場。

她不會幫我的。

他知道，現在只有一個人可以倚靠了。

安蒂。

他打電話給她，用顫抖的手指按著她家的號碼。

「安蒂，妳是對的，」他根本不讓她有機會說半句話，就連珠砲般的說：「我們得把『魔血』退回店裡。」

「如果我們抬得動的話，」安蒂回答，聲音聽起來很擔心，「你給我的那團魔血——它從咖啡罐裡滿出來了！我把它放進爸媽的冰桶裡，但是它又滿出來了。」

「我們用垃圾袋來裝怎麼樣？」伊凡提議道：「就是那種很大的塑膠袋？我

們也許可以用幾個袋子來提它。」

「可以試試看，」安蒂說：「那玩意噁心透了，一直發出令人作嘔的聲音，而且黏得要命。」

「這還用得著妳說，」伊凡鬱卒的回答，想起昨天晚上的遭遇，「我還在裡頭游了個泳呢。」

「什麼？你待會兒再解釋給我聽吧，」她煩躁的說：「我想玩具店是在十點鐘開門，我二十分鐘後到街角等你。」

「一言爲定。」伊凡掛了電話，走到車庫去拿垃圾袋。

安蒂來了，她把塑膠袋綁在腳踏車的把手上。再一次，伊凡又得跟在她的車子旁邊步行。他的塑膠袋脹得鼓鼓的，重得提不起來，伊凡只好在人行道上拖著它前進。

「浴缸幾乎滿到頂了，」他對安蒂說，一邊費勁的拖著袋子，口中不住呻吟：「我擔心它會撐破這個袋子。」

這句英文怎麼說

一言為定。
Good deal.

「再走兩條街就到了。」安蒂試著讓他寬心。一輛汽車慢慢的從他們身邊駛過，駕駛的人是一個留著黑色長髮的年輕人，他把頭探出車窗，咧著嘴笑著，「那是什麼？屍體嗎？」

「只是垃圾而已。」伊凡對他說。

「可不是嗎？」當那輛車開走時，安蒂低聲咕噥著。

他們進入市區時，好幾個人都停下腳步盯著他們瞧。「嗨，溫斯洛太太。」

安蒂向她母親的朋友打招呼。

溫斯洛太太揮揮手，好奇的看著安蒂，然後便走進雜貨店了。

安蒂跳下腳踏車，推著車子步行。伊凡走在她後面，繼續拖著那個大袋子。

他們走到下一條街，然後穿過馬路往玩具店走去。

但是當他們走到馬路中央時，突然一起停下腳步。兩人都驚訝得目瞪口呆。

玩具店的門窗都釘上木板，門上掛著一個手寫的小牌子：「結束營業」。

21.

伊凡急於擺脫垃圾袋裡那團噁心的東西，不顧一切的用力敲著門。

「有人在嗎……有人嗎！開門哪！」

沒人回應。

他舉起兩隻拳頭瘋狂的敲著門。

裡頭毫無動靜。

最後，安蒂只得把他拉走。

「這家店關門了，」對街的一個年輕女子朝他們喊，「好幾天前就關門了。看見了嗎？門窗都釘起來了。」

「眞是好呀！」伊凡壓低了聲音嘀咕著，他生氣的朝門上重重拍去。

這句英文怎麼說

結束營業。
Out of business.

「伊凡……你的手！你會傷到自己的。」安蒂提醒他。

「現在怎麼辦？」伊凡問安蒂，「妳還有什麼妙點子嗎，安蒂？」

她聳聳肩，「現在輪到你想個高明的主意了。」

伊凡痛苦的嘆了口氣，「也許我可以把它送給凱薩琳，跟她說這是牛肉，那她就會用她那把整天不離手的刀子把它給剁碎。」

「我想你的腦子現在不太清楚。」安蒂同情的拍拍他的肩膀。

他們低頭注視著垃圾袋，那袋子似乎在動——脹大又收縮，彷彿裡面那團綠色的東西正在「呼吸」！

「我們先回凱薩琳家吧！」伊凡的聲音微微發顫，「也許我們會在路上想到什麼辦法。」

他們費盡力氣把「魔血」拖回凱薩琳的屋子。太陽高掛在空中，當他們走到後院時，伊凡全身都已經被汗水浸透了，他的手臂痠軟，頭部陣陣抽痛。

「現在怎麼辦？」他虛弱的問，並放開那個高高鼓起的垃圾袋。

安蒂把腳踏車靠在車庫牆上。她指指車庫門邊一個鋁製的大垃圾筒，「這個

這句英文怎麼說

我們可以做到的。
We can do it.

怎麼樣，看起來挺結實的！」她走過去仔細研究，「瞧，蓋子可以扣上。」

「好吧！」伊凡同意了，並用T恤的袖子擦了擦額頭的汗水。

安蒂拉開垃圾筒的蓋子，然後把她袋子裡的東西倒進去。那玩意碰到筒底時，發出了一聲噁心濕黏的聲響。接著她又快步跑去幫忙伊凡。

「好重喲！」伊凡呻吟著，努力把袋子抬起來。

「我們可以做到的。」安蒂口氣堅定。

兩人同心協力，設法把「魔血」從垃圾袋裡倒了出來。它像潮水一般湧了出來，啪搭啪搭的潑濺在鋁筒邊上，像是想要逃出來似的往上翻滾著。

伊凡如釋重負的大呼一口氣，趕緊蓋上金屬蓋子壓住筒口，緊緊的扣上了把手。

「哇！」安蒂喊著。

兩個人盯著那個垃圾筒瞧了好一會兒，彷彿在等待它會不會爆炸或是裂開。

「現在怎麼辦？」伊凡問，他的五官因爲恐懼而繃得緊緊著。

安蒂還沒來得及回答，他們便看見凱薩琳從廚房門口走了出來，她的眼光搜尋著後院，直到看見了他們。

「伊凡……好消息！」她朝他們高聲說。

伊凡和安蒂回頭朝那筒子瞥了一眼，然後快步跑上前去。凱薩琳手裡拿著一張黃色的紙片，是封電報。

「你媽媽今天下午要來接你。」凱薩琳告訴伊凡，她的臉上掛著一個大大的微笑。

我想凱薩琳一定很高興能擺脫我。這是伊凡腦子裡第一個閃過的念頭。

但是他很快就打消了這個想法，他跳了起來，高聲歡呼。這眞是他這輩子聽到過最好的消息了。

「我要離開這裡了！」等他姑婆回到屋裡之後，他大喊著：「我要離開這裡了！我等不及了！」

安蒂似乎沒有感染到他的喜悅，「你在那兒給你姑婆留下了一個小小的驚喜。」她指著那個垃圾筒說。

「我才不管！我要離開這裡了！」伊凡又說，他舉起手來要跟安蒂擊掌慶賀，

這句英文怎麼說

你媽媽今天下午要來接你。
Your mother is coming to pick you up this afternoon.

可是安蒂並沒有配合，「你不認為我們該把魔血的事情告訴什麼人嗎？或是做點什麼——在你離開之前？」

但是伊凡太興奮了，根本沒心情去想這些事情。「嘿，崔格！」他一邊喊，一邊往院子後面的狗欄跑去。「崔格……我們要回家了！」

伊凡拉開柵門——他不禁倒抽了一口氣。

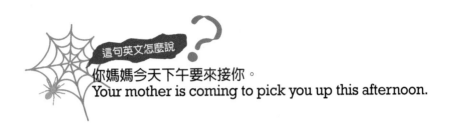

22.

「崔格！」

那條朝他蹦跳過來的狗看起來很像崔格，但是卻足足有一匹小馬那麼大！從昨天到現在牠已經長大了一倍！

「不！」崔格激動的想跳到主人身上，伊凡被牠撞到在地。「喂，等等！」

不等伊凡爬起身來，崔格便狂吠起來，一轉眼，這條巨大的狗兒已經越過柵欄，踏著雷鳴般的腳步穿過後院，跑到街上去了。

「我眞不敢相信！」安蒂失聲驚叫，舉起手來捂著臉，驚愕的看著這條巨獸繞過屋子，從視線中消失。

「牠好……好大！」

這句英文怎麼說

我們得阻止牠！
We've got to stop him!

「我們得阻止牠！牠可能會傷到人！」伊凡緊張的喊。

「崔格！崔格……回來！」伊凡還沒站穩腳步，就拔腿跑了起來，一邊大聲的呼喚著，但是他一不小心被安蒂的腳踏車給絆了一跤，摔倒在垃圾筒上。

「不！」安蒂放聲大叫，眼睜睜的看著那個金屬筒子「噹啷」一聲翻倒在車道上，而伊凡則四肢攤開摔在筒子上。

垃圾筒的蓋子砰的一聲被撞了開來，滾了出去。

那綠色的黏液湧了出來。

黏液顫動著從筒子裡往外滲出，並發出響亮的吸吮聲，然後突然停住，像要站了起來似的，高高往上聳起。

兩個孩子驚恐的瞪著那團黏液，大氣也不敢出一聲。那團綠色的東西似乎被賦予生命，就像一隻新生的動物那樣站起身來，伸展肢體，環目四顧。

然後，它發出一聲響亮的吸吮聲，弓起身子朝著趴在筒子上的伊凡蠕動過來。

「快起來，伊凡！」安蒂大聲叫嚷著，「快起來！它要從你身上滾過去了！」

23.

「不……！」

伊凡發出如野獸般的吼聲——他從來沒有發出這樣的聲音，而那團綠色的大球顫巍巍的朝他跳過來，他在地上打了個滾，及時逃開了。

「快跑，伊凡！」安蒂尖叫著抓住伊凡的手，把他拉起來。「它是活的！」她大呼著，「快跑！」

那團「魔血」撞向車庫的牆上。有短短一秒鐘的時間，它似乎像是黏在那兒了，然後它剝離開來，用驚人的速度朝著他們彈跳過來。

「救命！救命！」

「來人呀，快來人……救命啊！」

這句英文怎麼說

伊凡的聲音已經喊啞了。
Evan's voice was hoarse from screaming.

伊凡和安蒂扯開喉嚨拚命叫喊，一邊拔腿狂奔。伊凡跟著安蒂沿著車道跑到前院，用盡全力飛奔著，但是兩腿卻因恐懼而癱軟無力。

「救命！誰來救救我們！」

伊凡的聲音已經喊啞了，他的心臟在胸口狂亂的跳動，太陽穴也陣陣抽痛。他回頭看見那團「魔血」緊追在他身後，加快速度跳過前院，每一次彈跳都發出令人厭惡的擠壓聲。

啪搭！啪搭！啪搭！

一隻在草地上捉蟲的知更鳥，還沒來得及抬頭看到「魔血」撲來，便被這團綠色大球給捲了進去。

「噢！」伊凡回頭看見這隻鳥被吸進綠球裡，不禁發出呻吟聲。那鳥兒狂亂的拍動翅膀，發出最後一聲啼叫，然後就消失在大球裡面。

啪搭！啪搭！啪搭！

那團「魔血」仍然在顫動、彈跳著，它改變了方向，在草地上留下白色的印子，就像是巨大的圓形腳印。

「它是活的！」安蒂尖叫著，並用手摀住臉頰：「我的天啊——它是活的！」

「我們該怎麼辦？我們該怎麼辦？」伊凡都不認得自己驚恐的聲音了。

「它追上來了！」安蒂拉起伊凡的手。「快跑！」

他們大聲的喘著氣，一起往屋子前面跑去。

「喂，發生什麼事了？」一個聲音喊道。

「啊？」

伊凡被那聲音嚇了一跳，突然停住腳步。他看見貝默兄弟站在人行道上，滿是橫肉的臉上掛著一模一樣的奸笑。

「我最愛的練拳沙包。」其中一個威脅似的朝伊凡舉起拳頭。

他們邁向伊凡和安蒂，沒走幾步，兩人臉上的獰笑便消失了，嘴巴驚恐的大張著。他們看見一團巨大的綠球出現在眼前，沿著車道直奔下來，滾得像腳踏車一樣快。

「小心！」伊凡大喊。

「快跑！」安蒂嚷著。

這句英文怎麼說

我們該怎麼辦？
What can we do?

但是那兩兄弟已經嚇得無法動彈了。

他們的眼睛害怕得凸了出來，兩手往前揮，好像想保護自己似的。

啪搭！啪搭！啪搭！

那團巨大的「魔血」一邊往前彈跳，一邊加快了速度，伊凡閉上眼睛，只聽見那團大球撞上貝默兄弟，發出「啪」一聲巨響。

「哇！」

「不！」

兩兄弟大叫一聲，揮舞著手臂，掙扎著想要脫身。

「救命呀！求求你……救救我們！」

他們拚命掙扎，身體不住翻滾、扭動。

但是他們被緊緊的吸住了，綠色的黏液漫過他們的身子，將他們全身包裹起來。大球把他們整個拉了進去，發出一聲響亮的吸吮聲。

安蒂摀住眼睛。「噁心！」她喃喃的說：「哦，好噁心！」

伊凡驚惶的喘著氣，束手無策的看著貝默兄弟終於停止掙扎。

他們的手臂軟趴趴的垂著，臉孔消失在顫動的黏液裡。

那兩個男孩被那綠球往裡頭拉，越拉越深，吸吮的聲音也越來越響。然後那團「魔血」高高的彈起來，掉了個頭，又跳回車道上。

安蒂和伊凡嚇得不知所措，一時間不知道該往哪兒跑。

「分頭跑！」伊凡大喊：「它沒法一次追兩個人！」

安蒂畏懼的回望了他一眼，她張開嘴巴，卻沒發出聲音。

「分開！分開！」伊凡尖聲重複著。

「但是……」安蒂開口。

她還沒來得及說話，屋子的前門就突然被推開，凱薩琳走了出來，站在門前的臺階上。

「嘿——你們這些孩子在做什麼？那是什麼？」她緊緊抓住紗門，眼睛裡滿是恐懼。

那團巨大的綠球加快了速度，往門前的臺階直衝而來。

凱薩琳驚恐萬分，雙手往上一揮。她呆站了好一會兒，好像要搞清楚自己看

這句英文怎麼說

分頭跑！它沒法一次追兩個人！
Split up! It can't go after us both!

見了什麼。接著，她轉過身來，逃進屋子裡，連門都來不及關。

啪搭！啪搭！

「魔血」在臺階前遲疑了一會兒。

它在原地跳了一下、兩下、三下，好像在考慮接下來要怎麼做似的。

伊凡和安蒂在草地那頭目瞪口呆的看著，並調勻呼吸。

在那顫動的大球裡，伊凡還能看見深埋在裡頭的貝默兄弟，像是兩個沒有臉孔的囚犯，跟著大球一起跳動著。一陣嫌惡的感覺湧上伊凡的胸口。

突然間，那團「魔血」高高躍起，衝上門前的臺階。

「不！」伊凡發出尖叫。眼看著那團大球擠過開著的大門，消失在屋子裡。

安蒂和伊凡站在草坪中央，聽見凱薩琳發出一聲令人毛骨悚然的尖叫。

「它逮住凱薩琳姑婆了……」伊凡虛弱的說。

24.

伊凡頭一個衝到門口。他跑得好快，感覺胸口都快要炸開了。

「你想做什麼？」安蒂緊緊跟在他後頭。

「我不知道。」伊凡回答。他抓住紗門，借力讓自己衝進屋子裡。

「凱薩琳姑婆！」伊凡放聲大喊，並衝進客廳裡。

那團巨大的「魔血」佔據了這間小客廳的中央，邊上依稀可以看見貝默兄弟的身影。那團大球顫巍巍的跳著，在地毯上滲著黏液，行經之處都留下了黏糊糊的印子。

伊凡花了好幾秒鐘才看到他的姑婆，那一大團跳躍的「魔血」將她逼到了壁爐邊。

這句英文怎麼說

她已經無路可逃。
She had nowhere to run.

「凱薩琳姑婆……快逃！」伊凡大喊。

但是就連伊凡也看得出來，她已經無路可逃。

「離開這兒，孩子們！」凱薩琳喊。

她的聲音尖銳而發顫，突然變得很蒼老。

「但是，凱薩琳姑婆……」

「離開這兒……馬上！」這位老婦人堅持著。她烏黑的頭髮蓬亂不堪，而她的眼睛，那雙湛藍而銳利的眼睛，直直瞪視著那團綠色的大球，好像要用意志力將它逼退似的。

伊凡轉身看著安蒂，不知該如何是好。

安蒂的手扯著兩邊的頭髮，看著那個翻湧滾動的綠色大球朝著凱薩琳姑婆漸漸逼近，她的雙眼因爲逐漸升高的恐懼而睜得大大的。

「出去！」凱薩琳又尖聲大喊：「保住性命！這東西是我弄出來的，現在我得爲它而死。」

伊凡倒抽了一口氣。

是他聽錯了嗎？

他姑婆剛剛說了什麼？

那些字句在他的腦海裡重複了一遍，這次他清楚了，好清楚，而且又是那麼的嚇人。

「這東西是我弄出來的，現在我得爲它而死！」

25.

這句英文怎麼說

這東西是我弄出來的。

I made this thing.

「不！」

當那團可怕的「魔血」朝著他的姑婆撲去，伊凡驚慌的喘著氣，覺得整間屋子開始傾斜，開始旋轉。

他抓住凱薩琳那把扶手椅的椅背，腦海中湧進一幕幕畫面。

他看見凱薩琳總是掛在脖子上的那個古怪的骨頭墜鍊。

他臥室牆上那一排排神祕的怪書。

莎拉貝，那隻有著閃閃發光的黃眼睛的黑貓。

還有凱薩琳晚上總是圍在肩上的黑色披肩。

「這東西是我弄出來的，現在我得爲它而死！」

這些東西全都串了起來，現在伊凡逐漸明白了。

伊凡想起，當他和安蒂把那罐「魔血」從玩具店帶回家的那一天，凱薩琳堅持要瞧瞧它。

要研究它。

要觸摸它。

他想起她把罐子拿在手中轉動的樣子，那麼仔細的端詳著，在讀標籤時嘴唇還無聲的動著。

她做了什麼？

她嘴裡念了什麼？

一個念頭閃過伊凡的腦海。

她是在對罐子下咒嗎？

一個讓「魔血」長大的咒語？一個驚嚇伊凡的咒語？

但是爲什麼呢？

她才剛認識伊凡呀！

這句英文怎麼說

一個念頭閃過伊凡的腦海。
A thought flashed into Evan's mind.

她爲什麼會想要嚇他呢？甚至想要……殺了他？

「當心點。」當她把那個藍罐子還給他的時候，對他說了這麼一句話。

「當心點。」那眞的是一句警告。

警告他小心她的咒語。

「是妳做的好事！」伊凡用一種連自己也認不出來的聲音吼著。這些話是自己從他的口中冒出來的，他完全無法控制。

「是妳做的！是妳下的咒！」

他重複著，控訴似的指向他的姑婆。

他看見她讀著他的嘴唇，藍眼中閃著淚光，接著她的眼睛裡充滿了淚水，順著蒼白的臉頰滾滾而下。

「不！」她喊：「不是我！」

「妳對這罐子動過手腳！是妳，凱薩琳姑婆！」

「不！」她大聲叫嚷，聲音蓋過了那團「魔血」的咕嚕聲和啪搭聲。那團綠球像座小山一般，幾乎把她整個遮住了。

「不！」凱薩琳喊著，她的背脊緊緊的壓在壁爐架上，「不是我做的！是『她』！」

她伸出譴責的手指，往安蒂指去。

這句英文怎麼說

她的手冷得像冰。
Her hand was as cold as ice.

26.

安蒂？

凱薩琳姑婆是在指控安蒂嗎？

伊凡轉過身來，面對著安蒂。

但是安蒂卻也轉身向後。

伊凡立刻明白，姑婆並不是指向安蒂，而是安蒂身後的莎拉貝。

那隻黑貓站在客廳的入口處，口中發出嘶嘶聲，弓起背，黃色的眼睛燒灼般的瞪著凱薩琳。

「是她做的！她是罪魁禍首！」凱薩琳好像在宣佈什麼，狂亂的指著那隻貓。

那一大團綠色的「魔血」向後彈跳，退後了一步，彷彿是被凱薩琳的話刺了

一下。那團綠球不住顫動，從窗戶透進來的陽光照在它上面，使得綠球裡頭的陰影也不停的晃動。

伊凡盯著那隻貓，然後又把眼光轉向安蒂。安蒂聳聳肩，因爲恐懼和迷惑而僵著一張臉。

凱薩琳姑婆發瘋了，伊凡悲傷的想。

她完全瘋了。

講話顛三倒四。

每一句話都毫無道理。

「她是罪魁禍首！」凱薩琳又重複了一次。

莎拉貝又發出嘶嘶聲，似乎在回應著她。

綠球在原地彈跳著，裡頭裝著一動也不動的貝默兄弟。

「啊……妳看！」伊凡看見那隻黑貓突然間用後腿站了起來，趕緊叫安蒂。

安蒂倒抽了一口氣，緊緊抓住伊凡的手臂。她的手冷得像冰。

莎拉貝還在不住的發出嘶嘶聲，像陰影一般沿著牆壁往上升高。牠舉起尖

這句英文怎麼說

我不會再為你工作了！
I will do no more work for you.

爪，在半空中揮舞著，雙眼緊閉，全身像是被黑暗吞噬了似的。

每個人都一動也不動。

伊凡聽見唯一的聲響，就是那團綠球冒泡的聲音，還有自己心跳的咚咚聲。

所有的眼睛都盯著那頭貓，看著牠升起、伸展、長大。牠一邊長大，一邊也在變形。

牠變成了人類。

從那片詭異的黑暗中冒出幽靈般的手臂和雙腿。

接著這個幽靈般的影子從黑暗中走了出來。

莎拉貝變成了一個年輕女子，留著一頭火焰般的紅髮，蒼白的皮膚，還有一對黃眼睛——就是那對打從伊凡一到這兒就一直糾纏著他的黃色貓眼。這年輕女子穿著一件黑色長袍，長及腳踝。

她擋在門口，用譴責的眼光盯著凱薩琳。

「你們瞧見了嗎？她就是罪魁禍首。」凱薩琳的語氣變得十分平靜。她的下一句話卻是對著莎拉貝說的：「妳施加在我身上的咒語破解了，我不會再爲妳工作了！」

莎拉貝把一頭紅髮甩到斗篷後，大笑著：「妳要做什麼由我來決定，凱薩琳。」

「不，」凱薩琳堅決的說：「我被妳利用了二十年，莎拉貝。二十年來，妳把我囚禁在這兒，用咒語束縛著我，但是現在我要藉著『魔血』逃離妳的魔掌。」

莎拉貝又大笑起來：「逃走？傻瓜，門兒都沒有！你們現在全都得死。你們每一個人！」

這句英文怎麼說

我以為我可以信賴她。
I thought I could trust her.

27.

「你們全都得死！」莎拉貝重複道。她講這幾個字時，看得出她陶醉在莫大的快感中。

凱薩琳轉向伊凡，她的眼睛裡閃著恐懼。「二十年前，我誤以爲她是我的朋友。我一個人孤伶伶的住在這兒，我以爲我可以信賴她，沒想到她居然對我下咒，一個接著一個……她邪惡的魔法讓我變成了聾子，而且還不許我學手語或讀唇語，這樣她才能讓我成爲她的囚犯。」

「但是，凱薩琳姑婆……」伊凡開口問。

她把一隻手指舉到唇邊，示意他不要說話。

「莎拉貝強迫我對著那罐『魔血』施咒，她警告過我不許接待訪客，我是她

的奴隸，這麼多年來我都是她一個人的奴隸，她要我服侍她一個人，去執行她邪惡的命令。」

「當你來到這裡，」凱薩琳繼續說著，她的背脊仍然緊緊靠在壁爐架上，「她本來想要嚇走你，但是卻辦不到，因爲你沒有別的地方可去。後來她急了，不顧一切想要除掉你，她害怕你會知道她的祕密，怕你會把我從她的魔咒中釋放出來，所以她便決定要害死你。」

凱薩琳垂下雙眼，嘆了一口氣：「我很抱歉，伊凡。我別無選擇，我沒有自己的意志。」她把眼光轉向莎拉貝，「但是到此爲止了，就到此爲止吧！莎拉貝，當我投身到這個可怕的怪物裡面，妳的咒語就破解了，我就能脫離妳的掌控了！」

「這些孩子還是得死。」莎拉貝冷靜而殘酷的說。

「什麼？」凱薩琳的眼中盡是憤怒：「我會去死，莎拉貝，但是妳得放過孩子們，妳沒有理由傷害他們！」

「他們知道的太多了。」她輕聲回答，兩條細瘦的手臂交叉在胸前，她的黃

這句英文怎麼說

她不會放我們過去的。
She'll never let us past.

眼睛閃閃發光。

「我們得逃離這兒。」伊凡對安蒂耳語，眼睛盯著那團翻騰滾動的綠球。

「但是要怎麼逃呢？」安蒂也低聲回應：「莎拉貝把門口給擋住了。」

伊凡的眼睛在小小的屋子裡快速掃瞄著，想要找到一條出路。

但是他找不到。

莎拉貝舉起一隻手，慢慢的往身體方向揮，像是在召喚那團綠球。

那球顫動了一下、兩下，然後順從的朝她的手比劃的方向移動。

「不！莎拉貝……住手！」凱薩琳懇求著。

莎拉貝毫不理會凱薩琳的苦苦哀求，又用手比劃著。

那團綠色的黏液冒著泡泡，向前方滾去。

「殺了那兩個孩子！」她發出命令。

那團巨大的「魔血」加快速度滾過地毯，朝著伊凡和安蒂直衝而來。

「我們衝出門去！」當兩個孩子被迎面而來的「魔血」逼得一步步後退時，

伊凡對安蒂說。

「她不會放我們過去的！」安蒂嚷著。

「殺了那兩個孩子！」莎拉貝重複著，雙手高舉過頭。

「也許我們其中一個可以從她身旁鑽過！」伊凡朝安蒂喊。

「來不及了！」安蒂放聲尖叫。

那個彈跳著、顫動著的綠球，距離他們不到一步了。

「我們……我們要被吸進去了！」伊凡大吼。

「殺了那兩個孩子！」莎拉貝以勝利之姿高喊著。

這句英文怎麼說

他僵在原地，感覺自己的身子好像有千斤重。
Frozen in place, he felt as if he weighed a thousand pounds.

28.

那團「魔血」繼續向前滾。

伊凡嘆了一口氣，覺得所有的希望都破滅了。他僵在原地，感覺自己的身子好像有千斤重。

安蒂緊緊抓住他的手。

兩個人都閉上了眼睛，屏住呼吸，等待「魔血」向他們撲來。

但是出乎意料的，那團「魔血」居然發出一聲震耳欲聾的吼叫。

「怎麼回事？」

伊凡張開雙眼，看見安蒂正盯著門口，望向莎拉貝身後。

原來那吼聲並不是「魔血」發出的。

「崔格！」伊凡忍不住大喊。

那隻巨犬躍進門裡，震耳欲聾的吠聲震得低矮的天花板嗡嗡作響。

莎拉貝想躲開，但是太慢了。

因爲看見伊凡而興奮萬分的崔格，興高采烈的跳向莎拉貝——從背後推了她一把。

在崔格巨爪的重量下，莎拉貝踉踉蹌蹌的往前踏……往前……再往前——她的雙手往前伸，撞上了那團「魔血」。

當她撞上那團綠球的表面時，發出濕答答的一聲「啪搭」。

接下來是響亮的、噁心的吸吮聲。

她的手先撞上「魔血」，很快的就消失不見，接著連手肘也被吸進去了。

然後，那團綠球似乎在用力拉扯著她，眼看她的身體已經碰到綠球的表面了。她的臉也被吸了進去，被黏液覆蓋起來。

不一會兒，莎拉貝整個人被拉進了綠球裡頭，而她始終沒來得及發出半點聲音。

這句英文怎麼說

狗兒躍起的時候，牠的身子開始縮小了。
As the dog jumped, he began to shrink.

崔格開心的低吠著，完全不知道自己做了什麼好事，牠邁開大步跑進客廳，往伊凡衝去。

「蹲下，崔格！蹲下！」當崔格高興的朝他撲來時，伊凡大喊。

狗兒躍起的時候，牠的身子開始縮小了。

「崔格！」伊凡驚愕的喊著，並伸出手去抱崔格。

崔格似乎並沒有注意到自己的變化。當伊凡緊緊抱著牠時，牠開心的舔著伊凡的臉。

不到幾秒鐘，崔格已經變回原來的大小了。

「趕快看……那團魔血也在縮小！」安蒂抓著伊凡的肩膀嚷著。

伊凡轉過頭來，看見那團綠球正迅速的變小。

不久，貝默兄弟從裡頭掉了出來，落在地板上。

他們一動也不動，臉孔朝下癱軟成一堆。他們的眼睛毫無生氣的圓睜著，看起來似乎沒有呼吸。

然後，其中一個眨了眨眼，另一個也眨了一下。

他們的嘴巴張了開來，又闔上。

「噢……」其中一個發出又低又長的呻吟。

於是，兩個人慢慢的爬起身來，茫然的環顧四週。

那隻困在綠球裡的知更鳥也掉到地板上，牠狂亂的啾啾叫，拍著翅膀驚惶的在屋子裡到處亂飛——然後牠發現客廳那扇開著的窗戶，便急忙飛了出去。

安蒂仍然緊緊抓著伊凡，兩人同時盯著那團「魔血」，等待莎拉貝也從裡頭出現。

但是莎拉貝沒有出來。

她消失了。

那團「魔血」縮回原來的大小，沒有生命的掉在地上，一動也不動，只是地毯上一個灰暗的綠球，就跟個網球一樣大。

貝默兄弟不知所措的站起身來，眼睛裡滿是恐懼和迷惑。他們伸展四肢，好像在測試手腳是否還靈光，肌肉是否還能動。然後兩人爭先恐後的衝出屋子，砰的一聲重重的關上紗門。

這句英文怎麼說

這有點難以解釋。
It's a little hard to explain.

「一切都過去了。」凱薩琳靠上前來摟住伊凡和安蒂，輕聲說。

「莎拉貝不見了。」伊凡把崔格緊緊的抱在臂彎裡，眼睛仍然盯著地上那一小團「魔血」。

「我能聽見了！」凱薩琳欣喜萬分的擁抱他們兩個，「莎拉貝和她的魔咒永遠消失了。」

但是，當她說著這句話時，紗門突然被推了開來，一個模糊的人影走進客廳門口。

29.

「媽！」伊凡朝那個人喊著。

他放下崔格，快步上前迎接媽媽，並伸出雙臂緊緊的擁抱住她。

「這裡到底發生什麼事啊？」羅斯太太問道：「剛才那兩個男孩爲什麼那樣急急忙忙的衝出去？他們看起來好像快被嚇死了！」

「這……這有點難以解釋。」伊凡對媽媽說：「看到妳，我真是太高興了！」

崔格也很高興。牠開心的跳上跳下，不斷的低聲吠著。等牠終於忙完了之後，凱薩琳領著伊凡的媽媽到廚房去。

「我來泡些茶，」她說：「我要跟妳說一個很長的故事。」

「希望不會太長，」羅斯太太說，並疑惑的回頭瞥了伊凡一眼：「我們得趕

這句英文怎麼說

你能答應我一個小小的要求嗎？
Could I ask one small favor?

四點的飛機。」

「媽，我想妳會覺得這個故事很有趣的！」伊凡說完對安蒂使了個頑皮的眼色。

兩個女人消失在廚房中，安蒂和伊凡疲倦的跌坐在沙發上。

「我猜你這一去就不會再回來了，」安蒂說：「我是說，搬到亞特蘭大之後……」

「我會……嗯……寫信給妳的。」伊凡突然覺得自己很笨拙。

「啊，好呀！」安蒂開心的回答：「我爸爸有張電話信用卡，也許我可以弄到號碼，然後……你知道嘛……打電話給你。」

「嗯，太好了！」伊凡說。

「你能答應我一個小小的要求嗎？」安蒂問伊凡。

「嗯，可以啊。」伊凡很好奇。

「嗯，這聽起來可能有點奇怪。」安蒂遲疑的說：「但是，我能不能……嗯……我能不能留下那一小塊剩下來的『魔血』做個紀念？」

「當然，沒問題。」伊凡說。

他們兩個都往地毯上的「魔血」看過去。

「咦！」安蒂驚訝的喊。

魔血不見了。

我不要待在這兒。
I don't want to stay here.

你只是想要轉移話題。
You just want to change the subject.

我們別無選擇。
We have no choice.

沒什麼好怕的。
There's nothing to be scared of.

她跟伊凡想像的完全不一樣。
She wasn't anything like Evan had pictured.

你們不必回答我。
You don't have to answer me.

她只是想表達善意
She's just trying to be friendly.

我相信你。
I'm counting on you.

我可以做些什麼呢？
What am I going to do?

你一定嚇著這孩子了。
You must have given the boy a fright.

我得好好照料這隻狗。
I have to take care of the dog

我都準備好了。
I'm prepared.

我要帶崔格出去散步。
I'm going to take Trigger for a walk.

那女孩笑了。
The girl laughed.

- 我只是來作客。
  I'm just visiting.
- 他很高興自己把她逗笑了。
  He felt glad that he made her laugh.
- 我可以騎一下你的腳踏車嗎？
  Can I try your bike?
- 那就試試看吧。
  Let's give it a try.
- 你為什麼會喜歡這個地方？
  Why do you like this place?
- 這是非賣品。
  It's not for sale.
- 你想騎這輛車回家嗎？
  You want to ride the bike home?
- 你真是個大好人。
  You're a great guy.
- 也許你需要開罐器或是什麼的。
  Maybe you need a can opener or something.
- 我打賭它會在黑暗中發光。
  I'll bet it glows in the dark.
- 真的很會跳耶！
  It bounces really well.
- 別碰它！
  Leave it alone!
- 看起來好像會下雨。
  Looks like it might rain.
- 撐著點。
  Hang in there.

你不是這裡的住戶。

You're not a resident.

不准！

Not allowed!

我們正歡迎他搬來這兒。

We're welcoming him to the neighborhood.

你的腳踏車要怎麼辦？

What about your bike?

你的膝蓋破皮了。

Your knee is cut.

鬆開來！

Come loose!

崔格已經十二歲了，相當於人類的八十四歲。

Trigger was twelve years old, eighty-four in human years.

我喜歡活動活動腦子。

I like to keep my mind active.

她驚訝得張大了眼睛。

Her eyes growing wide with surprise.

我猜大概是打開罐子以後變質了。

I guess it just changes after the can has been opened.

我打賭你不敢！

I dare you.

夜色黑暗，沒有星光。

The night was dark and starless.

牠是頭怪物！。

He's a monster!

他知道自己太睏了，沒辦法好好思考。

He realized he was too sleepy to think clearly.

- 這很不尋常。
Highly unusual.
- 牠的頭比我的手掌還寬耶！
His head is wider than my hand!
- 我馬上就回來。
I'll only be a second.
- 我現在沒心情跟你開玩笑。
I'm not in the mood to kid around.
- 把它放到那邊去，它讓我心裡發毛。
Put it over there. It's giving me the creeps.
- 這玩意越長越大。
The stuff is getting bigger and bigger.
- 也許我們應該通知警察。
Maybe we should call the police.
- 你來之前我正在看錄影帶。
I was watching a video before you came over.
- 他們走了嗎？
Are they gone?
- 我從來沒有打過架。
I've never been in fight before.
- 我並沒有去招惹他們。
I wasn't exactly picking on them.
- 他必須先找個東西來裝它。
He had to find something to keep it in.
- 一隻手提那桶子實在太重了。
The bucket was too heavy to carry with one hand.
- 有個人躺在他的下面！
Someone lying there under him!

我快要窒息了
I'm going to suffocate.

我被困住了。
I'm stuck.

再試一次。
Try again.

我有麻煩了，我需要你的幫忙。
I have a problem , I need your help.

一言為定。
Good deal.

結束營業。
Out of business.

我們可以做到的。
We can do it.

你媽媽今天下午要來接你。
Your mother is coming to pick you up this afternoon.

我們得阻止牠！
We've got to stop him.

伊凡的聲音已經喊啞了。
Evan's voice was hoarse from screaming.

我們該怎麼辦？
What can we do?

分頭跑！它沒法一次追兩個人！
Split up! It can't go after us both!

她已經無路可逃。 。
She had nowhere to run.

這東西是我弄出來的。
I made this thing.

一個念頭閃過伊凡的腦海。

A thought flashed into Evan's mind.

她的手冷得像冰。

Her hand was as cold as ice.

我不會再為你工作了！

I will do no more work for you.

我以為我可以信賴她。

I thought I could trust her.

她不會放我們過去的。

She'll never let us past.

他僵在原地，感覺自己的身子好像有千斤重。

Frozen in place, he felt as if he weighed a thousand pounds.

狗兒躍起的時候，牠的身子開始縮小了。

As the dog jumped, he began to shrink.

這有點難以解釋。

It's a little hard to explain.

你能答應我一個小小的要求嗎？

Could I ask one small favor?

雞皮疙瘩系列 02

魔血

原 著 書 名——Monster Blood
原 出 版 社——Scholastic Inc.
作　　　者——R.L. 史坦恩（R.L.STINE）
譯　　　者——孫梅君
責 任 編 輯——劉枚瑛、鄭靜儀

國家圖書館出版品預行編目（CIP）資料

魔血 / R. L. 史坦恩 (R. L. Stine) 著；孫梅君譯．
-- 2 版．-- 臺北市：商周出版：家庭傳媒城邦分公司發行，
民 104.07 184 面；14.8 x 21 公分．--（雞皮疙瘩系列；2）
譯自：Monster Blood
ISBN 978-986-272-778-2（平裝）
874.59　　104004336

版　　　權——翁靜如、吳亭儀
行 銷 業 務——林彥伶、石一志
總 編 輯——何宜珍
總 經 理——彭之琬
發 行 人——何飛鵬
法 律 顧 問——台英國際商務法律事務所 羅明通律師
出　　　版——商周出版
臺北市中山區民生東路二段 141 號 9 樓
電話：(02) 2500-7008 傳真：(02) 2500-7759
E-mail：bwp.service @ cite.com.tw
發　　　行——英屬蓋曼群島商家庭傳媒股份有限公司城邦分公司
臺北市中山區民生東路二段 141 號 2 樓
讀者服務專線：0800-020-299 24 小時傳真服務：(02)2517-0999
讀者服務信箱 E-mail：cs @ cite.com.tw
劃 撥 帳 號——19833503 戶名：英屬蓋曼群島商家庭傳媒股份有限公司城邦分公司
訂 購 服 務——書虫股份有限公司客服專線：(02)2500-7718；2500-7719
服務時間：週一至週五上午 09:30-12:00；下午 13:30-17:00
24 小時傳真專線：(02)2500-1990；2500-1991
劃撥帳號：19863813 戶名：書虫股份有限公司
E-mail：service@readingclub.com.tw
香港發行所——城邦（香港）出版集團有限公司
香港 灣仔 駱克道 193 號超商業中心 1 樓
電話：(852) 2508-6231 傳真：(852) 2578-9337
馬新發行所——城邦（馬新）出版集團
Cité (M) Sdn. Bhd. 41, Jalan Radin Anum,
Bandar Baru Sri Petaling, 57000 Kuala Lumpur, Malaysia.
電話：(603)9057-8822 傳真：(603)9057-6622
商周出版部落格——http://bwp25007008.pixnet.net/blog
政院新聞局北市業字第 913 號

美 術 設 計——王秀惠
印　　　刷——卡樂彩色製版有限公司
總　經　銷——高見文化行銷股份有限公司 客服專線：0800-055-365
電話：(02)2668-9005 傳真：(02)2668-9790

■ 2003 年（民 92）02 月初版
■ 2020 年（民 109）06 月 04 日 2 版 3 刷
■ 定價 / 199 元

ISBN 978-986-272-778-2

Printed in Taiwan
城邦讀書花園
www.cite.com.tw

商周出版

廣　告　回　函
北區郵政管理登記證
台北廣字第000791號
郵資已付，免貼郵票

104 台北市民生東路二段 141 號 9 樓
城邦文化事業（股）有限公司
商周出版 收

請沿虛線對摺，謝謝！

Goosebumps
雞皮疙瘩

商周出版

書號：BG7042　　書名：魔血　　編碼：

商周出版

讀者回函卡

謝謝您購買我們出版的書籍！請費心填寫此回函卡，我們將不定期寄上城邦集團最新的出版訊息。

姓名：________________ 性別：□男 □女

生日：西元 ________ 年 ________ 月 ________ 日

聯絡地址：________________

聯絡電話：________________ 傳真：________________

E-mail：________________

學歷：□1.小學 □2.國中 □3.高中 □4.大專 □5.研究所以上

職業：□1.學生 □2.軍公教 □3.服務 □4.金融 □5.製造 □6.資訊
□7.傳播 □8.自由業 □9.農漁牧 □10.家管 □11.退休 □12.其他
____

您從何種方式得知本書消息？
□1.書店 □2.網路 □3.報紙 □4.雜誌 □5.廣播 □6.電視 □7.親友推薦
□8.其他 ________________

您在哪裡購買本書？
□1.金石堂（含金石堂網路書店） □2.誠品 □3.博客來 □4.何嘉仁
□5.其他 ________________

您喜歡閱讀的小說題材是？
□1.浪漫 □2.推理 □3.恐怖 □4.歷史 □5.科幻/奇幻 □6.冒險
□7.校園 □8.其他 ________________

您最喜歡的小說作家？
華人：________________ 國外：________________

最近看過最好看的小說是哪一本？

____

Goosebumps®

Goosebumps®